KB017686

봉곡리에서
날아온 편지

봉곡리에서 날아온 편지

육근철 넉줄시 산문집

봉곡리

눈앞엔
청잣빛 먼 산
봉황새
우짖는 골

비록 작은 땅이지만 야생화 농장은 내가 꽃들을 키워 온 것이 아니라 꽃과 나무와 바위들이 나를 길러왔다. 어떻게 하면 꽃들의 말을, 노송의 이야기를, 거북바위의 가르침을, 그리고 풍경소리를 알아차릴 수 있을까 하며 마음의 눈을 뜨려고 노력해 왔다.

지난 2019년 1년 동안 애틀랜타 조선일보에 게재된 넉줄시와 그 해설을 모은 산문집이 "봉곡리에서 날아온 편지"다. 지난 16년 동안 공주시 반포면 봉곡리 야생화 농장에서 매, 란, 국, 죽과 국화, 붓꽃, 구절초 등의 야생화를 심고 키워왔다. 그 과정에서 나보다 더 오래 산 소나무와 거북바위의 말을 알아들으려고 노력하면서 시심과 농심도 키웠다.

- 봉곡리에서 날아온 편지

그 수행과정을 필자가 창안해 낸 넉줄시로 엮어내고, 넉 줄 3, 5, 4, 3 열다섯 자의 짧은 시에서 못다 한 행간의 이야기를 이 책에서는 풀어쓰고자 노력하였다. 특히 미국 조지아주의 애틀랜타에서 발간되고 있는 '애틀랜타 조선일보'에 매주 원고를 보내면서 먼 이국땅의 새로운 독자들과 교감하려고 노력하였다.

편지

넉줄시

적어 보낸다

봄 나비

날개 위에

이 시집으로 더 많은 사람들이 '언어는 짧고 침묵은 하염없이 긴' 넉줄시와 가까워져 일상의 자연 속에서 무엇인가를 발견하고, 삶의 기쁨으로 행복을 향유하기 소망한다. 애틀랜타 조선일보 관계자와 사랑하는 Gloria 가족에게 고마움을 전하며, 올해 칠순을 맞는 아내에게 이 산문집을 바친다.

이천이십일년 삼월

鳳谷里 獨樂園에서 理石 육근철

가을

겨울

우주

봄

똑똑

열린 문
애 호랑나비
언제 왔나
봄소식

프랑스의 극작가 쥘 르나르(Jules Reneard)는 나비(butterfly)를 '반으로 접힌 사랑의 편지가 꽃의 주소를 찾아간다'고 표현했듯이 봄날 이꽃 저꽃 날아다니는 나비는 봄소식을 전하는 사랑의 우편배달부다. 오월은 사랑의 계절. 새들도 물고기들도 오월엔 사랑을 한다. 문을 여니 정원에는 나비들 천지다. 호랑나비, 노랑나비, 흰나비 저마다 사랑 찾기에 한창이다.

- 봉곡리에서 날아온 편지

·

지게

여보게
뭘 지고 가나
춤추는
노랑나비

농부가 지게에 장다리 한 짐을 지고 간다. 그 위 나비가 앉아 농부의 걸음걸이에 따라 출렁출렁 춤을 추듯 신바람이다. 흰나비 꿈은 일복을 나타내거나 불길함을 의미한다. 그러나 노랑나비는 사랑과 행운을 나타낸단다. 노란 장다리꽃에 앉은 노랑나비! 사랑의 봄소식이 분명하다.

영화 빠삐용에서 주인공 스티브 멕퀸의 가슴에는 모르포나비가 선명하게 새겨져 있다. 그리고 죄수들은 침대 모서리에 나비문신을 새긴다. '빠삐용'에서 나비문신은 주인공의 끊임없는 탈출의 의지를 상징하고 있다. 특히 모르포(Morpho)나비 날개는 여러 층의 비늘로 덮혀 있다. 비늘 위 막에서 반사한 광선과, 투과–반사한 아래 광선이 간섭을 일으켜 보는 각도에 따라 달리 나타나는 아름다운 파란색을 띤다. 즉, 모르포나비는 광명의 빛을 찾아간다는 의미를 상징하고 있다.

봄

우리는 모두 각자 자신의 지게에 사랑과 꿈과 희망을 짊어지고 길을 떠난다. 내 발걸음의 템포에 따라 춤을 추는 노랑나비. 따라서 긴 겨울 끝 나타나는 나비는 그냥 곤충인 나비가 아니다. 인간의 희망과 꿈의 상징이다.

회상

어디로

숨어버렸나

그때 그

호랑나비

- 봉곡리에서 날아온 편지

매화(梅花)

꽃눈아
눈꽃이었냐
가지 걸린
싸락눈

입춘은 지났지만 아직 이월, 겨울이다.

서설(瑞雪)이 분분(紛紛)히 내리는 찬 겨울, 양지쪽 설중매(雪中梅) 가지에는 꽃눈이 탱탱하다. 아니 코끝 시리게 차가운 날씨, 가지마다 듬성듬성 내려앉은 하얀 싸락눈은 꽃눈인지 눈꽃인지 분간키 어렵다. 이때가 설중매를 감상하기 제일 좋은 시기다. 설중매 꽃잎은 매실나무 꽃처럼 화려하지도 풍성하지도 않다. 듬성듬성 작고 안쓰럽게 피어있는 꽃잎은 어느 산골 마을 처녀 아이처럼 애잔하다.

옛 선비들은 이월에 탐매행(探梅行)을 했다. 봄맞이 행사로 설중매가 있는 산골로 돗자리와 술을 들고 찾아 나선 것이다. 그리고 여럿이 둘러앉아 매화꽃을 보면서 술 한 잔에 시 한 수씩 읊었다 한다. 이 얼마나 운치 있고 아름다운 정경인가. 천재 시인 매월당 김시습은 탐매행에 대해서 열네 수의 시를 남겼을 정도다.

봄

나도 이런 시심으로 노송 아래 설중매 지고 가는 거북바위의 정원을 꾸며 놓고 이월을 기다린다. 그리고 아침저녁 꽃이 피는 모습을 관찰한다.

•

거북

바위야
달구경 가니
설중매
등에 지고

하얀 눈밭에 애처롭게 피어있는 설중매 꽃잎, 그도 아름답지만 찬바람에 살랑살랑 지나가는 매콤한 매화 향기는 청아하기 그지없다.

퇴계 이황 선생과 기생 두향이의 매화사랑 이야기도 전설처럼 맴돈다. 퇴계는 멀리서 두향이가 선물한 백매(白梅) 한 분을 귀하게 기르다 임종 시 남긴 말이 "매화나무에 물 잘 주거라"였다 한다. 매화에 얽힌 두 사람의 사랑은 지조 높은 매향처럼 맵고 아리다. 올봄에는 매화 한 분 창가에 두고 매화 향 맡으면서 넉줄시 한 수 지어보면 어떨까.

- 봉곡리에서 날아온 편지

·

소식

매화야

너도 아느냐

기다리는

나의 봄

풍경(風磬)

열십자
치고 또 치네
물고기
우는 뜻을

처마 끝
탱그렁 탱그렁 우는 풍경을 보았는가?
　사찰의 처마 끝에서 볼 수 있는 풍경이다. 이것을 잘 살펴보면 풍경 속에 열십자 모양의 추가 있고, 이 추에 물고기가 매달려 있다. 바다에서나 살아야 할 물고기가 왜 하늘에 매달려 있을까? 그리고 이 물고기 지느러미 끝을 보았는가? 왜 기독교의 십자가 모양 열십자 추가 종을 치고 있을까? 신기한 일이다.

　추가 열십자 모양이면 바람이 어디서 불어와도 쉽게 종소리를 낼 수 있고, 십자형 추에 물고기를 매단 것은 물고기는 잘 때도 눈을 뜨고 잠을 자기 때문에 늘 깨어 있으라는 의미에서 물고기를 매달아 놓았단다. 풍경소리가 바람에 의해 탱그렁 탱그렁 울릴 때마다 우리의 하

- 봉곡리에서 날아온 편지

루를 반성하고 깨달음의 마음을 가지라는 것이다.

•

풍경

마음 밭
갈고 닦아라
소리치는
물고기

풍경이 절의 처마 끝에 매달아 놓는 불교의 장식품으로만 생각하지 말 일이다. 절에 가지 못한다 해도 집의 처마 끝에 풍경 하나쯤 매달아 놓고 탱그렁 탱그렁 소리 들으며 마음 닦을 일이다. 그러면 좀 더 맑고 아름다운 인생을 살 수 있지 않을까?

창의적 아이디어는 호기심에서 시작되고, 호기심은 주의 깊은 관찰과 분석에 의해서 해결된다. 시끄러운 학교 종이 땡 땡 땡이 아니라 우리 마음을 울리는 풍경소리, 탱그렁 탱그렁을 들으면서 마음 닦을 일이다.

풍경

십자가
너는 누구냐
숨어 우는
종소리

- 봉곡리에서 날아온 편지

동백

떨어져
무릎을 꿇고
별도 울고
싶은 밤

젊은 시절 첫사랑 여인을 떠나보내고 난 후 지심도를 찾았었다.

터질 듯 부풀어 오르던 동백 꽃봉오리, 수줍은 첫사랑. 지심도는 노란 꽃술을 숨긴 채 외로운 바다를 삼키고 있었다. 비 젖어 슬픈 동백은 내가 안쓰럽다는 듯 뚝 뚝 떨어져 통째로 누워있었다. 별이 총총 빛나던 지심도의 그 날 밤은 별도, 나도, 동백도 같이 우는 밤이었다. 첫사랑은 이렇게 떨어져 누운 동백꽃처럼 비록 이루지 못한 사랑이어도 우리의 가슴속에 아름답게 빛난다. '첫사랑' 말만 들어도 가슴 설레는 아름다운 말이다. 동백꽃의 꽃말처럼 '당신만을 사랑합니다'라는 고백 한 번쯤 받고 산다면 성공한 사랑이건 실패한 사랑이건 그는 행복한 사람이 아닐까?

얼마 전 기차 여행을 하였을 때 이름 모를 간이역에서 정복을 한 역무원이 기차가 역을 빠져나갈 때까지 서서 손을 흔드는 것을 보았다. 그 역무원이 서 있던 간이역 철로 가에는 빨간 동백꽃이 붉게 떨어져 있었다. 여인의 비로도 치마처럼. 나는 그 순간 옛 추억에 사로잡혀 첫사랑 여인을 다시 만나는 시간 여행을 하였다.

•

역

동백꽃
꽃잎 떨어져
붉게 물든
철로가

여행의 목적은 새로운 것을 보기 위함이 아니라 새롭게 태어나기 위함이다. 떨어져 누웠어도 붉게 웃는 저 핏빛 동백꽃처럼 살 수는 없을까? 인간은 물질적 풍요만이 중요한 것이 아니다. 사는 동안 사랑했던 사람들과 어떻게 마지막 이별을 할 것인가가 잘 먹고 잘 사는 것보다 더 중요하다. 붉게 떨어져 누운 한 송이 동백꽃처럼 환하게 웃으며 마지막 이별을 할 수 있도록 준비해야겠다.

- 봉곡리에서 날아온 편지

•

동백

눈 속에

묻어둔 사랑

만날까

언제 우리

우수(雨水)

설중매
은은한 향기
눈인 듯
나비인 듯

우수(雨水)에 춘설이 분분하다.

눈이 녹아서 비나 물로 변한다는 우수인데 눈이 하얗게 오고 있다. 올해는 풍년이 들 모양이다. 생각만 해도 신나는 일이다.

청년 실업자는 늘어나며, 인간사의 일은 늘 복잡하고 시끄러운데 거북 바위 등에 피고 있는 설중매(雪中梅)는 세상의 일을 아는지 모르는지 말이 없다. 그저 애처롭고 아름답기만 하다. 그래서 옛 선인들은 한 시름 잊기 위해 아직 추운 이른 봄임에도 탐매(探梅)를 하러 산골짝으로 들어가 매화꽃 향기에 취했었나 보다.

설중매 꽃잎은 작고 애처롭다. 특히 드문드문 성글게 피기 때문에 겉보기에는 보잘것없어 보이기도 한다. 그러나 자세히 오래오래 관찰해보면 아름답기 그지없다. 화려하게 다닥다닥 핀 매실 꽃보다 훨씬

- 봉곡리에서 날아온 편지

더 아름답고 그 향기가 일품이다.

더욱이 춘설이 분분히 내리는 오늘 같은 날에는 가지에 앉은 눈송이가 꽃잎인 듯 나비인 듯 환상에 빠져들게 한다. 아직 찬 이월의 겨울바람에 춤을 추는 듯 간지럽다. 하얀 눈밭에 핀 설중매 꽃을 보고 있노라면 시름도 세상일도 잊을 수 있어 좋다. 좋은 벗과 함께 꽃잎 하나 따서 소곡주 술잔에 띄워 마신다면 그 이상 바랄 게 뭐가 있겠는가.

•

한 잔

소곡주

잊지 말게나

꽃잎 띄워

마신 봄

소곡주는 충남 서천의 한산 이씨 가문에서 빚어낸 전통 술이다. 서천 쌀로 만든 술로 그 향기가 일품이다. 여기에 설중매 꽃잎 띄워 자네 한잔 나 한잔 술을 마시니 무릉도원이 또 어디 있겠는가? 오늘은 복잡한 세상사 잠시 잊고 매화꽃 꽃잎 띄워 술 한잔 마셔 볼 일이다.

봄

•

폭설

그리워
눈물이 나네
울음 삼킨
설중매

- 봉곡리에서 날아온 편지

봄비

돌절구
적시는 소리
김칫독
고인 하늘

봄은 생동의 계절.

함박꽃, 그 붉은 새싹이 솟아 나오는 걸 보면 덩달아 나도 힘이 솟는다. 아기 손가락 같은 그 가녀린 새싹들이 지구를 들어 올리고 있는 것이다. 도대체 그 힘은 어디서 나오는 것일까? 그런데 그 어여쁜 새싹들이 올라올 때는 여지없이 찬 봄비가 내린다. 특히 비바람 몰아치는 날이면 잠을 뒤척인다. 새벽녘 후두둑 후두둑 유리창 두드리는 소리에 잠을 깬 것이다. 영하의 꽃샘추위가 온 것이다. 어쩌나 저 가녀린 새싹들……

•

몸살

꽃잎아
너도 아프냐
봄비 젖는
홍매화

이렇게 꽃샘추위가 찾아오는 삼월이면 나도 감기몸살을 앓는다. 마음이 상하면 몸도 상하는 것일까? 시골 학교 총각 선생으로 새로운 학교로 부임할 때면 학교도, 아이들도, 하숙집도 다 낯설었다. 특히 무거운 교무실의 낯선 선생님들은 두려움의 대상이었다. 이제부터는 홀로 객지에서 아이들과 정 붙여 살아 나가야 하는 것이다. 삼월 봄비가 내리는 날에는 고향 집 어머니, 등잔불 밑에서 공부하는 어린 동생들 생각에 베갯잇을 적시기 일쑤였다. 아마 그때 앓았던 삼월의 계절병이 몸에 기억되어 지금도 앓는 모양이다.

봄비//빗방울 하나/뚬방/난 잎에 떨어졌습니다//휘인 공간/출렁/진저리칩니다//난 꽃/한 송이 방긋/벙글었습니다.

- 봉곡리에서 날아온 편지

그 가슴앓이 덕으로 사물을 보는 혜안이 생겼는지 모른다. 난 잎에 맺혀있는 빗방울에 눈길이 머물 때면 싱그럽고 가슴 설레기 때문이다. 생명수 그 봄 빗방울의 덕으로 한 송이 난 꽃이 필 수 있는 것 아닐까?

•

봄비

빗방울
꽃망울인 듯
가지마다
봄소식

울 밑

빈 농막
잔기침 소리
복수초
눈을 떴네

삼월의 봄, 꽃바람이 아직도 맵다. 밖에 나가보니 복수초 세 송이가 노랗게 피었다.

유성 오일장 서는 날. 길거리 좌판에서 사 와서 심었던 꽃이다. 그날 폐타이어를 무릎대 삼아 땅바닥을 질질 끌며 지나가고 있는 앉은뱅이 장애인과 마주쳤다. 그의 소쿠리에는 동전 세 잎이 반짝이고 있었다. 오늘 피어있는 복수초 세 꽃송이처럼…… 그의 녹음기에서는 산유화야 노랫소리가 가슴 저리게 울려 퍼지고 있었다.

복수초//유성/어느 봄 장날/길거리 좌판/할머니 치마폭에/ 주섬주섬 웃다/타이어 무릎대 질질 끌며/산유화야 산유화야 노래 부르다/핀/앉은뱅이 소쿠리/동전 세 잎.

- 봉곡리에서 날아온 편지

그 복수초가 봄 감기 걸린 내 잔기침 소리에 깨었을까? 아니면 언 땅 코 고는 봄비 소리에 깨었을까? 샛노란 복수초 세 송이가 야생화 정원의 시인에게도 손녀의 웃음처럼 방긋방긋 웃고 있는 것이다. 살아 있어 행복한 날이다.

•

복수초

여보게
잠깐 멈추게
봄소식
밟힐꺼나

복수초는 봄을 맨 먼저 알리는 봄의 전령사다. 이월 눈 속에서도 피는 꽃으로 일주일 정도 꽃이 피었다 지면 짙푸른 잎새로 한 계절 봄만을 산다. 그리고 난 후 흔적도 없이 사라진다. 그러니 일 년 중 대부분을 땅속에서 숨어 살다가 맨 먼저 봄을 알리는 신비스런 꽃이다. 그것도 키 작은 앉은뱅이 꽃으로 애처롭기 그지없다. 특히 꽃이 지고 나면 아무것도 없어 다른 꽃을 심기도 하고 땅을 파기도 하기 때문에 존재가 사라지기 십상이다. 아름다운 것은 그 생명력이 짧은 것일까? 꽃무릇도, 제비꽃도 그렇다.

"저요! 저요!"

하고 서로 봐 달라고 소리치는 봄 마당은 어린이집 교실이다. 함부로 들어갈 일이 아니다. 사랑도 그렇다. 조심조심 가꾸며 사랑을 키워나가야 한다.

·

터

바람도
돌아가는 길
복수초
옹기종기

춘설(春雪)

수선화
감기 걸릴라
덮어 준
하얀 이불

 수선화는 활짝 핀 꽃보다 언 땅을 뚫고 올라오는 새싹 모습이 더 사랑스럽다. 그런데 아침에 일어나 뜰에 나가보니 그 가냘픈 잎새 위에 하얀 눈이 소복이 쌓여있다. 얼마나 추울까? 연민의 눈길을 주다 불현듯 '아~ 이불을 덮었구나'라는 생각에 마음이 놓이기도 한다.

●

춘광(春光)

수선화
봄이 왔다고
금잔옥대(金盞玉臺)
술 한 잔

몇 해 전 제주 수선이 보고 싶어 제주도 대정읍 안성리 추사 유배지를 찾아갔었다. 그런데 꽃 피는 시기를 잘 못 맞추어 금잔옥대 수선화 꽃은 보지 못하고 추사의 불이선 난도(不二禪蘭圖)인 듯 거칠게 꺾어지고 뒤틀린 수선화 잎새들만 실컷 보고 왔다.

제주도에는 흰 꽃잎 노란 꽃술의 수선화가 지천으로 피어있었단다. 하도 흔한 꽃이라 사람들은 관심도 없었는데 추사가 캐다가 집안 뜰에 심어 애지중지 기르고, 붓으로 수선화를 그려 화제로 칭송함으로써 화초로 대우를 받기 시작했단다.

이렇듯 수선화는 봄의 전령사이기도 하지만, 비탈진 언덕에 옹기종기 모여 피는 하얀 꽃이 소박하고 아름다워 사랑을 받는다. 그러나 그리스 신화에 나오는 수선화는 수면에 비친 자기 모습에 빠져 죽은 나르키소스의 그림자 이미지를 가지고 있어 슬프다.

수선화//이미 알고 있었지/네가 그림자라는 걸//너도 알고 있었지/
내가 그림자라는 걸//그림자의 그림자가/놀다간 자리// 못다 핀/꽃
한 송이.

일 년 내내 아무것도 보이지 않던 그림자의 그림자가 놀다 간 자리에 아름다운 수선화가 피는 봄이다. 그래서 수선화 꽃말도 '자기 사랑'이다. 어쩌면 우리 모두 내 그림자에 취하여 사는 것은 아닐까? 자존

- 봉곡리에서 날아온 편지

감을 갖고 사는 것은 좋은 일이다.

•

약속

그대여

잊지 마시오

수선화 핀

우물가

야행(夜行)

밤 벚꽃
구경 나왔네
활짝 핀
상춘객들

까만 밤하늘

하얗게 쏟아지는 밤 벚꽃, 하느님이 밤 벚꽃 불꽃놀이를 하는 듯 환상적인 사월의 밤이다. 하얗게 조각 난 꽃잎들 사이로 성당의 십자가가 보일 때 종소리가 울려 퍼지는 듯 꽃잎들이 쏟아져 내린다. 마치 축복의 은총이 쏟아져 내리는 것처럼.

- 봉곡리에서 날아온 편지

·

은총

밤 벚꽃
만취한 하늘
쏟아지는
종소리

짙은 검은 색 나무 기둥에 하얗게 핀 벚꽃을 본 적이 있는가? 검고
메마른 늙은 가지도 연분홍빛 아름다운 새 꽃을 피운 것이다. 나도 저
나무처럼 새 꽃을 피울 수 있을까? 자연의 시간은 돌고 도는데 왜 인
간의 시간은 직선으로만 가는가? 앞으로 몇 번이나 이 아름다운 밤
벚꽃을 구경할 수 있을까?

야행(夜行)//구경/나왔네//유령처럼 몰려드는/상춘객 물결//풍각쟁
이 시끌벅적/어깨춤//한 잔/두 잔/꽃 취한 혼령들//검은 가지 걸터
앉아/내려다보네//밤 벚꽃.

넉줄시를 쓰다 보면 이렇게 자유시도 쓸 수 있다. 넉줄시는 한순간
의 발견을 응축시켜 쓴 시이기 때문에 순간 속 영원을 꿈꾸는 형식이

며, 기억과 응시를 통합한 순간적 정화의 기록이다. 그래서 넉줄시는 학생들이나 시 공부를 처음 시작하는 사람들이 꼭 거쳐야 하는 시 공부의 한 과정이다. 넉줄시가 많은 사람들에게, 특히 이제 막 자연의 경이로움에 눈 뜨고 있는 학생들에게 널리 전파되길 소망한다. 그리하여 김구 선생이 소망한 대로 지금 우리의 이 시대가 문화를 융성시켜 행복한 문화민족이 되기를 소망한다.

•

벚꽃

늙어도
꽃피우는가
젖은 등걸
흰 꽃잎

- 봉곡리에서 날아온 편지

세월

할미꽃
반푼이 사랑
헝클어진
숨구멍

어느 여름 장마지던 날, 할머니는 비를 흠뻑 맞고 버스 정류장에 서 계셨다. 통학하는 손주에게 우산을 주려고 아무도 몰래 그 꼬부장 팔자 걸음으로 시오리 길을 걸어오신 할머니. 삼베 적삼은 이미 흠뻑 젖어 있었다. 왜 그랬을까? 나는 할머니에게 고맙다는 말 대신 화를 버럭 냈다. 지금도 할미꽃만 보면 할머니 생각에 눈물이 핑 돈다. 할미꽃 피는 사오월이면 나는 아스라한 어린 시절 고향 집 할머니를 만나러 가곤 한다.

내리사랑!
할아버지가 되어보니 사랑이란 것을 이제야 조금 알 것 같다. 때때로 보고 싶은 손녀에 대한 그리움이 엄습해 올 때가 참 많다. 그럴 때면 어린 손녀의 모습과 나의 할머니 모습이 오버랩 되어 나를 과거의 블랙홀로 빠져들게 한다. 할머니는 이 세상을 살아가는 나에게 하나의 별이다.

•

할미꽃

언제나
네 편이란다
핑그르
도는 눈물

팔자걸음 꼬부랑 내 할머니. 그분은 언제나 내 편이었다. 어머니께 할 수 없는 이야기도 할머니에게는 도란도란 속내를 털어놨다. 맛있는 것이 생기면 감추어 두었다 몰래 챙겨주었고, 행여 고뿔이라도 들까 늘 노심초사하셨다. 그 할머니는 어디 가⋯⋯. 나는 지금 할아버지가 되어 손녀들과 아이들처럼 장난을 치고 있는 것일까? 내 할머니를 보고 싶은 마음에 할미꽃 몇 포기 사다 양지바른 곳에 심었다. 할미꽃은 매년 어김없이 꽃을 피운다. 그는 나를 과거의 시간 속으로 안내하여 그리운 할머니를 만나게 한다. 할미꽃은 그냥 꽃이 아니다. 내 우주의 숨구멍이다.

- 봉곡리에서 날아온 편지

•

할미꽃

등 굽은
가로등 하나
후미진
길모퉁이

봄

민들레

한 포기
앉은뱅이 꽃
우뚝 선
하얀 등대

서양에서는 민들레가 잡초지만 동양에서는 꽃이다. 명성황후 시해 사건에 가담한 우장춘의 아버지 우범선은 일본으로 망명한다. 우범선은 일본 여인 사가이 나가와 결혼하여 우장춘을 낳는다. 우장춘이 다섯 살 때 우범선은 자객에 의해 살해된다.

홀어머니 밑에서 자란 우장춘은 뛰어나지 못했고, 조센징이라고 놀림 받곤 하였다. 그때마다 어머니 사가이 나가 여사는 "장춘아 길가에 피어있는 민들레를 보아라. 사람들에게 밟혀도 꽃을 피우지 않니? 너도 훌륭한 꽃을 피울 거야" 하며 달랬다고 한다. 훗날 커서 우장춘은 동경대학교 농과대학에서 박사학위를 받았다.

그는 이승만 대통령의 초청으로 52세 때 아버지의 나라 한국으로 와 언양에 있는 국립농업시험소에서 일을 하며 못사는 우리 농민들을 위해 비닐하우스, 수박 농사, 수경재배와 같은 신기술을 전파시켰다.

- 봉곡리에서 날아온 편지

그때 그의 책상 앞 벽에는 누런 종이에 이런 글귀가 쓰여 있었다 한다. "밟혀도 꽃을 피우는 길가의 민들레처럼" 어머니 사가이 나가 여사가 해준 민들레 이야기가 평생 나침판이 되어 그를 성취하게 했던 것이다. 그래서 민들레는 우장춘의 꽃이다.

•

길가

민들레
야! 요것봐라
밟혀도
꽃 피우네

민들레 꽃씨는 낙하산 구조로 수평 비행하여 멀리멀리 날아가 척박한 땅에 뿌리를 내려 꽃을 피우고야 만다. 이국땅 미국에 이민 가서 온갖 어려움 속에서도 정착하여 성취의 꽃을 피운 우리 한국의 교민들이 바로 민들레 꽃과 같은 정신을 가졌다 할 수 있다. 비록 키 작은 앉은뱅이 꽃이지만 우뚝 선 하얀 등대로 인류를 향해 등불을 비추고 있는 것이다.

봄

•

민들레

괜찮아

걱정하지 마

잘했어

그만하면

- 봉곡리에서 날아온 편지

여름

첫사랑

달콤한
라일락 향기
쓰디쓴
하트 잎새

그 아이는 지금 어디 있을까?

라일락 꽃향기 코끝을 간질이던 오월 어느 날.

그 아이는 하트 모양의 라일락 잎을 따 주며 씹어 보라 했다. 나는 덥석 받아 잘근잘근 씹기 시작했다. 그 아이가 하는 말, "많이 쓰지? 꽃향기는 달콤한데 참 이상해. 라일락 잎은 심장 모양을 하고 있는데 이렇게 쓴 이유는 왜 그럴까?"

아마 그 아이는 우리의 사랑이 깨질 것이라는 것을 알고 있었던 것일까?

누구에게나 첫사랑은 라일락 향기처럼 달콤하게 다가온다. 그러나 대부분의 첫사랑은 라일락 잎새의 쓴맛처럼 쓰디쓴 실패의 경험으로 지나게 마련이다. 비록 고통스러운 맛을 볼지언정 오월은 사랑의 계절

- 봉곡리에서 날아온 편지

이다. 숲 속의 새들도 사랑하기에 열중한다.

•

미스 김

키 작은
수수꽃다리
낯익은
얼굴인 듯

수수꽃다리! 얼마나 아름다운 이름인가?

수수꽃다리 하고 이름을 부르면 수줍은 산골 소녀 모습이 그려진다. 자그마한 키에 검정 눈망울은 마냥 정겹기만 한 얼굴이다. 그런 수수꽃다리가 미국으로 시집을 갔단다. 우리네 토담집 옆에 향그런 내음새를 풍기던 그 산골 소녀가 '미스김 라일락'이라는 이름을 달고 다시 고국으로 돌아왔다.

미스김 라일락은 미 군정 시절 엘윈 M. 미더(Elwin M. Meader)가 도봉산에서 채취하여 미국으로 가져가 개량해서 만든 것이다. 그가 한국에 근무할 때 타이피스트였던 미스 김이 생각나 미스김 라일락이라 명명했단다. 세상은 먼저 눈뜬 자의 것이다. 우리도 우리네 것을 사

랑하고, 자연 속에서 새로운 것을 발견해 낼 수 있도록 관심을 가져야
한다.

•

라일락

시간의
애절한 눈빛
무너지는
나의 봄

- 봉곡리에서 날아온 편지

선비

오실까
이 비 그치면
도포 자락
날리며

긴 가뭄 끝 비가 내린다.

푸르른 도포 자락 휘날리며 그리던 님 오시듯 비가 내린다. 그 빗줄기 속을 우뚝 솟은 솟대처럼 하늘 찔러 물든 색, 청잣빛 붓꽃이 말없이 비를 맞고 있다. 우산도 없이.

아버님은 덜 핀 붓꽃처럼 늘 청정하고 꿋꿋했다. 도포를 입으시고 먹을 갈아 축문을 쓰시던 모습, 청정한 목소리로 축문을 낭독하시던 그 모습이 붓꽃에 오버 랩 되어 마당귀 서 계신다. 마치 한 마리 학이 비를 맞고 서 있는 듯. 아버님의 호는 학수(鶴洙), 물가에 서 있는 한 마리 학이었다. 농사를 지으며 자연을 노래하고, 그 속에서 인생의 참뜻을 찾으려 했던 그분은 붓으로 먹물을 날리며 유유자적 멋을 즐기셨던 것이다. 그 붓꽃의 DNA가 나에게 내려온 것만 같다.

•

붓꽃

열린 문
너른 마당귀
눈이 자꾸
가는 건

  조선의 유학자 허목(許穆:1596-1682)은 「空階鳥雀下 無事晝掩門 靜中觀物理 居室一乾坤」이라는 시를 지어 남겼다.

  "빈 뜰에 새 한 마리 내려와 놀고 있네, 할 일 없이 문 걸고 앉아 고요한 가운데 사물의 이치를 생각하며 방안에 앉아 하늘과 땅이 하나임을 터득하네."

  그야말로 400여 년 전 허목은 작은 방안에 앉아 거대한 우주를 생각하며 사유했던 것이다.

  이 비 그치면 도포 자락 휘날리며 기다리던 시(詩) 할아버지 내려오실까? 불멸의 시 한 수 얻기 위해 여섯 평 농막에서 풍경소리 들으며 단비 내리는 창밖을 본다. 열릴 듯 닫힌 문틈으로 보이는 대문 가에 눈이 자꾸 가는 건 시에 대한 목마름 때문일까? 아버님에 대한 그리움 때문일까?

- 봉곡리에서 날아온 편지

•

붓꽃

말해봐

사랑한다고

연분홍

붉은 미소

여름

숲

누구의
혼령이든가
점박이
자작나무

숲 속의 신사

흰칠한 키에 말쑥하게 차려입은 자작나무. 그 노신사도 그랬다.

비 뿌리는 삼월 어느 날, 통근 버스에 올라타 두리번거리는 시선에 창가에 홀로 앉아 있는 흰 머리 노신사와 눈이 마주쳤다. 나는 마치 자석에 끌리듯 걸어가 그 노신사 옆에 앉았다. 그리고 우리는 눈인사를 나누었다. 그 인연으로 우리는 가끔 만나 담소를 나누며 차를 마시는 사이가 됐다. 백발의 머리, 하얀 눈썹의 그 노신사는 자작나무처럼 위엄이 있었고 귀티가 났다. 그런 그 노신사가 어느 날 갑자기 돌아가셨다는 부음을 받았다. 숲 속 외딴집 마당 한가운데에는 자작나무 화톳불이 '자작자작' 소리를 내며 타고 있었다. 마치 '그대 내 목소리 들리시는가?'라고 속삭이듯…….

- 봉곡리에서 날아온 편지

•

백화(白樺)

빙어 빛
자작나무 숲
반짝이는
그리움

자작나무에 기대어 서면, 더불어 숲이 될 수 있을까?

빙어 빛 자작나무 숲에 들어갈 때면 자작나무 기둥에 기대어 상념에 젖어보곤 한다. 나무는 살아있는 부처다.

언제나 그 자리에 서서 살아갈 길을 인도해주는 스승이듯. 사람들에게 햇볕을 가리는 그늘을 주고, 산소를 제공해준다. 또한 죽어선 기둥이나 가구가 되기도 하기 때문이다. 나무가 부처라면 숲은 절이다. 시(詩)의 한자 구조를 보면 말씀 언(言)변에 절 사(寺)이듯 시는 깨달음의 말, 오도송(悟道頌)이어야 한다.

나무는 움직이지 못하지만, 말없이 바깥일을 나뭇결 파동으로 기록을 해 논다. 마치 우리가 CD판에 음악이나 영상을 기록하듯 물결무늬 파동 형태로 자신의 일생을 기록해 둔다. 우리가 나무의 언어인 나뭇결무늬 파동을 해석하지 못할 뿐……

여름

•

정령(精靈)

뻐국아

두렵지 않니

자작나무

저 눈들

- 봉곡리에서 날아온 편지

말복(末伏)

원추리
녹색 도화선
꽃불놀이
한나절

어릴 적 원추리꽃은 행여꽃.

마을 사람들은 원추리꽃을 울안에 심지 않았다. 동네 어귀 행여 집 근방에 노랗게 피어있는 원추리꽃을 보면 무서운 마음이 먼저 들었다. "이제 가면 언제 오나~~" 요령잡이 구성진 목소리에 차일 밑 얼핏얼핏 보이던 행여 집 원추리꽃. 그 꽃은 황혼의 언덕에 핀 주금빛 상여 꽃, 귀신처럼 곱더라. 울 밖에서 울더라. 그래서 우리 마을에서는 원추리나물을 아예 먹지도 않았다.

열흘 가는 꽃이 어디 있으랴만 원추리꽃은 보름 이상 피어있어 생명 력이 참 긴 꽃이라 생각했다. 그러나 자세히 관찰해보면 하나의 녹색 꽃대에 일곱 개 이상의 꽃망울들이 방사형으로 달려있다. 하나의 꽃 망울 수명은 단 하루 밖에 가질 못하나 순차적으로 일곱 개의 꽃망울

여름

이 피기 때문에 보름 이상 피어있는 것처럼 보이는 것이다.

잔디마저 타들어 가는 지독한 가뭄 끝.

녹색 도화선 곧게 올려 꽃 한 송이 피웠다. 작렬하는 태양을 향해 빳빳이 고개 들어 저항이라도 하는 듯 태양을 향해 불꽃놀이하고 있다. 장미꽃마저 목말라 고개 숙이는 말복 더위, 주금색 원추리 꽃만은 당당하게 아름다움을 자랑하고 있다. 나는 원추리 꽃밭을 만들어 붉게 물든 노을 색 꽃을 감상하며 무더위를 식히곤 한다.

•

원추리

곧추선

마음 한 가닥

한 사랑

태양 향해

모든 원추리 꽃대는 태양을 향해 곧추서 있다. 타는 목마름으로 잎은 누렇게 타들어 갈지라도 꽃대는 오직 한마음이다. 한 사랑 태양을 향해 쏘아 올리는 벌건 대낮의 찬란한 저 꽃불놀이. 한 송이 원추리

- 봉곡리에서 날아온 편지

꽃대를 보고 사랑의 의미를 배운다.

•

장마

빗소리

뺨을 때리네

입 닫은

원추리 꽃

여름

풍란(風蘭)

긴 수염
나팔을 부네
바람 향
실 꽃대궁

벼랑 끝

절벽에 붙어살아도 빳빳이 고개 들어 태양에 저항하며 바위틈에 뿌리내려 살아가는 소엽풍란은 우리나라 홍도, 소흑산도, 대흑산도에 자생하는 난초과 식물이다. 그런데 짧고 두꺼운 잎이 마치 칼과 같아서 문인들보다는 무인들이 좋아했다 한다. 온종일 땡볕에 노출되어도 짙푸른 은장도 겹겹이 쌓아 하얀 화관 쓰고 꽃을 피우는 소엽풍란은 유월의 신부 같아 더 사랑스럽다.

단내 나는 유월.

유월은 풍란 꽃이 있어서 행복하다. 긴 수염, 풍란 꽃은 어떤 난 꽃에서도 볼 수 없는 순백의 하얀색 꽃이어서 순박하고 아름답다. 마치 백의민족인 우리 한민족의 꽃인 듯 사랑스럽다. 특히 그 순백의 하얀 꽃에서 나오는 향기는 연인의 귓속말처럼 달콤하기 이를 데 없다. 그래서 옛날

- 봉곡리에서 날아온 편지

섬사람들은 초상이 나면 시신 방에 풍란 꽃을 꺾어다 놓았다 한다.

•

풍란

오실까
수평선 너머
돛대 끝
그대 향기

홍도나 흑산도에 사는 뱃사람들이 먼바다로 고기잡이를 나갔다가 돌아올 때는 바람에 날려 오는 풍란 향기를 맡고 집에 가까이 왔음을 알아챘다 하니 풍란의 향기는 뱃사람들의 나침판 역할을 했던 것이다.

흙에 살면서 흙을 거부하고, 해풍과 밤이슬에 뿌리 영글어 사는 풍란은 기개 높은 선비정신 바로 그것이다. 다갈색, 연두색, 연분홍의 뿌리 끝 관모에 사람의 손끝만 닿아도 생장을 멈추리만치 예민한 풍란. 천 길 낭떠러지 절벽에 가부좌 틀고 비바람 맞서 살아가는 풍란은 수행자의 모습과 같아 머리가 숙여진다. 우리가 한 분의 난을 기르는 것도 풍란과 같이 난 잎의 기개와 난 꽃의 단아함과 난향의 청정함을 배우기 위함이 아닐까?

여름

풍란

절벽은

향기를 품다

망부석

새가 되어

- 봉곡리에서 날아온 편지

매미

한 계절
짧았던 사랑
두드려
멍든 가슴

늦여름 풀꽃 문학관 오르막길 길바닥에 누운 숫매미 하나.

주워들어 보니 무게마저 텅 비어 있다. 두드리다 멍든 가슴, 시퍼런 공명통엔 빈 하늘만 반짝였다. 7년 어둠을 뚫고 나와 한 계절 사랑 노래 부르다 간 매미를 보고 있자니 나 자신을 보는 것 같았다. 한여름 뜨겁게 울던 그 열정 어디 두고 길바닥에 누웠느냐? 사랑을 얻었더냐? 씨알 하나 생겼더냐? 묻고 또 묻는 나에게 매미는 이렇게 외치고 있었다. 이 목숨 다하여 울어 줄 테니 공명으로 답하시라. 사랑은 공명, 그대 있는 곳, 여기가 지상의 낙원이다. 사랑을 연주하시라. 그대 자신만의 노래를……

여름

•

노인

서럽냐
후려치거라
매미가
가슴 치듯

21세기 인공지능, 빅데이터의 시대로 접어들면서 변화의 속도는 양자적 점핑(Quantum jumping)을 하고 있다. 그 속도를 나이 먹은 사람들이 따라가기란 쉽지 않다. 그렇다고 삶의 욕구마저 없는 것은 아니다. 그런데 현대 사회는 자동차 사고율이 높다느니, 컴퓨터를 못 한 다느니 하며 하루가 다르게 노인 세대를 소외시키고 있다. 젊었을 때는 대수롭지 않게 들리던 이런 말들이 나이 먹으니 더 서럽고 노엽게만 들린다. 한 계절 살다가는 매미나, 한 생애 살다가는 우리네 인생이나 별반 다를 게 없다. 매미는 우는 게 아니라 사랑의 세레나데를 부르는 것이다. 미국의 해리 리버맨(Harry Lieberman)은 77세에 그림공부를 시작하여 "원시적 눈을 가진 미국의 샤갈"이라는 평가를 받았으며, 101세에 스물두 번째 전시회를 마치고 죽을 정도로 말년의 성취를 거둔 사람이다.

노인도 비록 나이는 먹었지만 아직도 마음에 드는 이성을 발견하면

- 봉곡리에서 날아온 편지

가슴이 설레고, 쉽사리 잠이 들지 못한다는 것을 알아야 한다. 피부의 두께가 두꺼워져 민감도는 떨어질지라도 지각층 바로 아래에는 뜨거운 맨틀 용액이 여전히 소용돌이치고 있다는 사실을⋯⋯.

●

아차

가을을
밟을뻔했네
떨어져
누운 매미

여름

장마

바랭이
손에 손잡고
쳐들어온
밭고랑

심지 않아도 피는 꽃들의 선언

1) 밟혀도, 뽑혀도 끈질기게 살아남는다.

2) 물들어 올 때 배 띄워라.

3) 결코 화초를 꿈꾸지 않는다.

4) 그냥 내버려 둬라.

여차하면 호미를 들고 뽑아내려 하니 밭고랑에서 잡초들이 주인에게 성명서를 발표하는 것은 아닐까? 장마철에 풀을 뽑고 뒤돌아보면 어느새 쑥쑥 자라 적군의 발걸음처럼 쳐들어오는 풀들. 바랭이, 토끼풀, 강아지풀 등등 밭고랑은 온통 잡초들의 세상이다. 그들도 생명력을 유지하려고 하니 고추밭 고랑의 풀을 뽑지 않고 낫으로 베어주곤한다. 그래도 16년 고추 농사를 지으면서 한 번도 탄저병에 걸린 적

- 봉곡리에서 날아온 편지

이 없다. 탄저병은 소나기가 올 때 땅바닥의 흙이 고추에 튀어서 생기는 병인데 바닥이 풀밭이니 탄저병에 걸릴 이유가 없는 것이다. 잡초의 끈질긴 생명력을 보면서 그들에게 배우는 것이 있다. 미래의 희망인 우리 아이들이 바르게 성장하기 위해서는 자생력을 길러주되 혼탁(混濁)을 분별하는 면역력 또한 길러주어야 한다는 것을.

•

항변

잡초라
부르지 말라
꽃이고
약초란다

　세상에 잡초란 식물은 없다. 아직 쓰임새를 찾지 못했을 뿐이다. 봄이면 노란 꽃을 피우는 민들레는 서양에서는 완전히 잡초 취급을 받는다. 꽃집에 가면 민들레 죽이는 농약을 팔 정도다. 그러나 우리나라에서의 민들레는 꽃이요, 약초다. 생각의 차이다. 밭고랑에 쭈그려 앉아 잡초들을 뽑다가 보면 잡초들의 저항하는 소리가 들리는 듯하다. '나는 왜 뽑혀야 합니까? 나도 살러 나왔어요'라고. 잡초들의 선언에서 볼 수 있는 것처럼 밟혀도 끈질기게 살아남는 자가 바로 우리와 같은 민초들이 아닐까? 그런데 왜 무시당하고, 뽑혀야 할까? 어리석은 자문자답이다.

잡초

망초꽃

억울한 호소

이쁜 꽃이야

나도

- 봉곡리에서 날아온 편지

만월(滿月)

여보게
난 잎에 앉아
무얼 그리
보시나

　휘어진 듯 곧은 잎새 하얀 낮달이 웃고 있다. 그를 보면 저절로 빙그레 미소를 머금게 된다. 난 기르기 사십여 년, 아름답다 생각하니 잎 선이 보였고, 이름을 알고 나니 꽃 모양이 보였다. 게다가 띄엄띄엄 나오는 난 향기를 듣고 나니 양자역학적 세계상이 깨달아지는 것 같았다.

　중력//잎끝/이슬방울//지구와/줄다리기//져줄까/말까//똠방/떨어지는/향자(香子) 하나

　향기는 파동일까 입자일까? 난향에 취할 때마다 떠오르는 의문이다. 난향이 입자이면 어떻고, 파동이면 어떠리. 물리학자의 입장에서 생각해 보는 것이다. 난을 기르는 가장 큰 이유는 향기 때문이다. 그래서 난향도 향자(香子)이면서 향파(香波)인 이중성의 속성을 가지고

여름

있다고 본다.

난을 대할 때마다 아침에 떠오르는 태양을 보듯 싱그러웠고, 선비의 심성으로 살아가고자 옷깃을 여미었다. 한자로 난초 난(蘭)자를 분해해 보면 풀초(艹) 변에 문 문(門)자와 동녘 동(東)자로 되어 있다. 즉, 동쪽으로 나 있는 문가에 살고 있는 풀이 바로 난이라는 것이다. 해 뜨는 대문가 한 포기 난이 출퇴근하는 나를 향해 "도포 자락 휘날리며 오는 주인아! 오늘 너 얼마나 푸르렀느냐?" 묻고 또 묻는다고 생각하며 살아왔으니 내가 난을 기른 것이 아니라 난이 날 기른 것이다. 그 난 잎에 낮달이 앉아 날 보고 또 묻는다.

난을 기른다는 것은 정신적 자기 세계를 구축하는 길이다. 난을 통하여, 난과 함께 자연의 섭리를 배우고 그 속에서 즐거움을 찾기 위함일 것이다. 난 잎도, 달도 모두 곡선이다. 사람이 만들어 낸 구조물은 대부분이 직선 형태이나 신이 만들어낸 자연은 거의 모두가 곡선이다. 도시에 산다는 것은 직선의 숲에 사는 것이나 자연 속에 산다는 것은 곡선의 숲에 사는 것이다. 인간은 누구나 곡선의 형태에서 더 안정감을 갖는다고 한다.

- 봉곡리에서 날아온 편지

•

그림자

그대여
듣지 못했나
지창에 핀
난 향기

    그것은 보고(seeing), 상상하고(imagining), 그리(drawing)는 일련의 사고과정에서 마음 거울에 맺힌 상이 우리의 정신세계를 지배하기 때문이리라. 지창(紙窓)에 핀 난 그림자를 볼 수 있는 마음 거울, 그 마음 거울에 비친 난 그림자의 향기를 맡을 수 있도록 더욱더 성찰하는 자세로 사물을 대하리라.

•

난향(蘭香)

그 눈길

어디로 갔나

향기 젖은

귓속말

- 봉곡리에서 날아온 편지

노을

그립다
그립다 하면
다시 올까
그 사람

"먼발치서라도 한 번만 봤으면 좋겠어요."

얼마 전 만난 어느 미망인의 절절한 말이다. 얼마나 보고 싶었으면 그런 말을 했을까? 눈시울이 붉어졌다. 그러나 주변머리가 없어 아무런 위로의 말을 해주지 못했다. 그때 돌아오다 쓴 시가 노을이다.

우리는 살아가면서 어쩔 수 없이 헤어져야 하는 경우가 있다. 사랑하는 사람들의 이별이 그렇고, 부모님과의 사별도 그렇다. 그러나 그 많은 이별 중에서도 특히 부부간 사별의 슬픔은 더 하리라. 부부가 평생 함께 알콩달콩 살다가 한 사람을 먼저 보내야 할 때 남은 자의 몫은 슬픔과 회한이 사무칠 것이다. 노을 진 저녁녘이면 그리움이 더 물밀 듯 밀려온다. 붉게 퍼진 노을 속에 지나간 시간들이 못내 아쉬울 때 짧은 넋줄시 한 수 지으면서 위로를 받을 수 있다면 어떨까?

여름

•

그리움

돌확에
어리는 얼굴
분홍 꽃
배롱나무

그러나 지운다고 지워지는 게 아닌 것이 사랑 아닐까? 돌확의 고인 물에 비친 배롱나무 그림자만 보아도 생각나는 사람이 있어 눈물이 고일 때가 있다. 사별이 아니더라도 미칠 듯이 사랑하던 사람과의 이별은 뼈아프기 마련이다. 차라리 그 사랑의 불빛이 미움이었으면 더 좋았을 것을······.

그리움은 인류의 보편적 감정으로 애틋하기 이를 데 없는 노을빛이다. 누구나 마음 한구석에 이별의 한(恨)을 가진 추억이 있지 않을까? 그 쓰라린 상처를 스스로 치유하기 위해서 우리는 노래를 부르고 시를 읊는 것이다. 긴 자유시를 쓰지 않아도 좋다. 아픔을 애도하고 승화시키는 넉줄시로 우리가 더욱 성숙하게 자리한다면 그 또한 아름다운 추억으로 남으리라.

- 봉곡리에서 날아온 편지

•

돌확

달빛이
찰랑거리네
얼굴이
닮았다고

여름

숙명(宿命)

꽃무릇
붉게 핀 사랑
만날까
언제 우리

우리네 삶에는 꽃무릇에 얽힌 스님과 여인의 이야기가 전설처럼 전해져 오는 것들이 있다. 이룰 수 없는 사랑, 지상에서는 결코 만날 수 없는 잎과 꽃의 애달픈 사랑 이야기가 전해지는 꽃. 절에 공양드리러 온 처자의 모습이 너무 아름다워 젊은 스님의 마음은 병이 들었다 한다. 이름도 모르는 그 처자를 잊을 수 없는 스님은 깊은 병이 되어 죽음을 맞게 되었다. 그 자리에 잎과 꽃이 만나지 못하는 꽃무릇이 불꽃놀이 하듯 아름답게 피었다는 전설이 전해진다. 그러나 절에서 꽃무릇을 키우게 된 배경은 매우 다르다. 절 지붕의 단청에 색을 칠할 때 꽃무릇 구근(球根)을 잘게 빻아 전분으로 만들어 단청을 칠하면 방부제 역할을 한다. 또 오랜 세월이 지나도록 퇴색되지 않기 때문에 일부러 심어 길렀다 한다.

- 봉곡리에서 날아온 편지

•
꽃무릇

한바탕
놀다간 자리
초록 바람
겨울 향

향기도 없고, 열매도 맺지 못하는 꽃무릇은 화려하고 교태스럽기 이를 데 없는 꽃이다. 마치 여인의 속눈썹처럼 또는 립스틱 칠한 여인의 입술처럼 색정적이다.

꽃무릇//창가/알몸으로 서/커튼 사이/밖을 보는 여인의/뒤태//격정의 불꽃놀이/사라진/창밖.

초가을 무렵 선운사나 불갑사 절에 가면 꽃무릇 천지라 또 다른 세상에 온 것처럼 아름답다. 그러나 행락객들에게는 즐거울지 모르지만 수행하는 스님들에게는 방해가 되지 않을까 하는 두려운 생각이 들기도 한다. 수행이란 유혹의 언덕을 넘어가야 도달할 수 있는 깨달음의 세계이기 때문이다. 불가(佛家)에서는 꽃무릇을 피안화(彼岸花)라 하여 저승

여름

꽃이라 부르기도 한다. 강 건너 기슭, 저 피안의 언덕에서 피는 꽃. 사바세계의 저쪽, 저 언덕 넘어 정토(淨土)의 세상에 피는 꽃이기 때문이다. 한겨울 하얀 눈을 뒤집어쓰고 파란 잎으로 살아가는 꽃무릇. 가을 화려한 꽃잎에만 시선을 주지 말고 한겨울 홀로 푸르러 청청하게 겨울을 나는 꽃무릇. 푸른 잎에도 의미를 두며 살아가야 하지 않을까······.

•

눈길

꽃무릇

애달픈 사랑

짧은 무대

긴 여운

- 봉곡리에서 날아온 편지

이슬

보이니
천의 눈동자
난잎에
맺힌 사연

보이는 것을 보는 것은 보는 게 아니다.

보이지 않는 것을 보는 것이 진짜 보는 것이다. 한 분의 난을 볼 때 난잎만 보지 말고 난잎 사이 허공을 보라. 그 빈 하늘엔 천사의 눈이 있어 그대를 보고 있음을.

러시아의 시인이며 사상가인 레온 셰스토프(Shestov Lev.)는 천 개의 눈을 가진 죽음의 천사가 육체에서 영혼을 거두러 지상에 내려왔다가 아직 거두어 갈 사람이 아니라고 판단되었을 때 두 개의 다른 눈을 주고 간다 한다. 그 두 개의 눈은 새롭고 낯선 것 만 보게 된다. 그러므로 남들이 볼 수 없는 것을 보기 때문에 창작을 해낼 수 있는 새로운 능력이 생긴다는 것이다.

여름

•

묵란(墨蘭)

천 개의
시린 눈동자
눈짓하네
날 보라

허공이 난잎을 살짝 잡아당기면 난잎엔 싱그러운 눈썹달이 뜨고, 차가운 눈매가 되어 이 아침 당신을 보고 있다는 것을 아는가? 보이는 것만 보지 말고 보이지 않는 것을 볼 수 있는 눈을 가져야 하지 않을까? 특히 창작의 길목에서 서성이는 시인이나 작가라면 더욱 그러할 것이다.

나태주 시인은 〈기쁨〉이라는 시에서 난을 이렇게 노래했다.

난초 화분의 휘어진/이파리 하나가/허공에 몸을 기댄다//허공도 따라서 휘어지면서/난초 이파리를 살그머니/보듬어 안는다//그들 사이에 사람인 내가 모르는/잔잔한 기쁨의/강물이 흐른다.

시인은 남들이 모두 난잎을 보고 있을 때, 허공을 보고 있었던 것이다.

- 봉곡리에서 날아온 편지

일체유심조(一切唯心造). 인간은 마음이 보고 싶은 것만 보려는 경향이 있다 한다. 우리의 마음 거울이 빈 허공처럼 청정할 때 비로소 난잎 사이 빈 허공의 하늘을 볼 수 있을 것이다. 마음 거울 닦는 일을 게을리하지 말아야겠다.

•

한로(寒露)

난잎에
또로르 맺혀
기다리나
누구를

청령포

노송 위
노을이 지면
강물도
붉은 눈매

강원도 영월 땅 청령포.

소나무 숲길을 걷다 보니 단종 유배지가 빤히 보이는 강가에 왕방연
의 시비가 세워져 있다.

천만리/머나먼 길/고운 님/여의옵고//내 마음/둘 데 없어/냇가에/앉

았으니//저 물도/내 안 같아야/울어 밤길/예 놓는다.

금부도사로서 자기가 모셨던 어린 임금을 한양에서 수백 리 길 영월
땅에 유배시키고 돌아가야만 하는 신하의 심경이 절절하게 전해 오는
곳. 그곳은 우리나라 십 대 소나무숲으로 선정될 만큼 아름다운 곳이
다. 앞으로는 표주박 모양의 강물이 흐르고 뒤로는 천애의 절벽이 우
뚝 서 있는 곳. 아름다움이 극에 달하면 슬픔과도 맥이 통하는 것일

- 봉곡리에서 날아온 편지

까? 역사의 슬픔과 자연의 아름다움이 아직도 생생하게 가슴을 아프
게 한다.

•

유배(流配)

어항 속
임금이던가
미어지는
청령포

어린 나이에 얼마나 두렵고 무서웠을까? 저 강물만 건너면 집이 있
는 한양으로 갈 수 있을 텐데……. 노을 지는 강을 보면서 단종이 되
어 시 한 수 지어본다.

청령포//청령포/노송 위에/노을이 지면//갈 길 멀어라/시간은/보채
는데//강 건너/놓을 길 없는/ 이내 마음은//오늘도/ 구름 되어/ 비를
뿌린다.

조선 시대에는 정치적 이유로 해서 한양에서 먼 오지로 귀양을 가

여름

야만 했던 선비들이 많았다. 그들 중에는 영어(囹圄)의 신세에 굴하지 않고 자신의 처지를 승화시켜 오히려 훌륭한 작품을 남긴 예가 하나 둘이 아니다. 추사 김정희가 그랬고, 윤선도가 그랬고, 정약용이 그랬다. 그 결과 세한도와 부작난도가 나왔고, 어부사시사가 나왔으며 목민심서가 출간되어 세상을 밝힐 수 있었던 것이 아닌가. 역경을 딛고 피어난 꽃이 더 아름다운 법이다.

청령포

노송 위
황혼이 지네
강물도
붉은 눈매

- 봉곡리에서 날아온 편지

가을

시선(視線)

어머니
마중 나올까
코스모스
간이역

지금도

어쩌다 간이역을 지날 때면 5-60년 전 저만치 플랫폼에 서 계실 것 같은 어머니를 만나게 된다. 비닐우산을 들고 서 계시는 어머니를 향해 달려가는 소년도, 바람이 불어오는 방향으로 허리 구부려 인사하는 색색의 코스모스도 만난다. 철길을 걸어가는 어머니와 소년. 두 줄배기 흰 줄이 선명한 모자를 쓴 소년은 어머니가 있어 의기양양했다.

아~ 과거 속으로 달려가는 나의 이 영상은 다시 올 수 없는 것인가. 그리움으로 가득 찬 이 아스라한 지난 시간은 도대체 어디에 가서 다시 만날 수 있단 말인가. 비디오를, CD를 틀면 나타나지 않을까? 과학기술이 발전하여 다시 한 번 어머니를 만날 수 있다면…….

그러나 한 번 가신 어머니는 다시 만날 수 없듯 한번 지나간 시간은 되돌릴 수 없다. 도대체 시간은 어디서 왔다 어디로 가는 것일까?

- 봉곡리에서 날아온 편지

자연의 시간은 원형으로 도는데 인간의 시간은 왜 직선으로 누워있
는가?

•

사모(思母)

대청호
수면에 뜬 달
어머니
가슴앓이

어머니!

불러보다 잠이 들면 촉촉이 젖은 베개만이 나를 빤히 쳐다본다.

먼 타국에서 고향의 어머니를 그리는 눈물 젖은 자식들이 얼마나
많으랴. 통학 기차만 서는 코스모스 핀 간이역, 그 기차의 기적 소리
만 들어도 어머니와 연결된다. 세상에서 가장 아름다운 단어 '어머니'
의 그리움이다. 철길에 가만히 귀를 대고 들어 보면 멀리서 달려오는
기차 바퀴 소리가 들리듯 어머니의 그 음성 다시 들을 수 있다면…….

가을

•

회상

장독대

서광꽃 사랑

손길인 듯

어머니

- 봉곡리에서 날아온 편지

백일홍

오늘도
보고 싶다고
파르르
떠는 하늘

누구나 한 번쯤 가슴에 묻어 둔 사랑이 있을 법하다. 한여름 능소화 꽃이 지고 나면 여름꽃은 특별히 볼 꽃이 없다. 그러나 폭염의 계절에 진분홍 꽃 한 아름 피어 배시시 웃고 있는 나무가 있다. 바로 배롱나무, 간지럼 나무라는 이름을 가진 백일홍 나무다. 조선의 선비들은 백일홍 나무를 앞뜰에 심지 않고 뒤뜰에 심었다고 한다. 그리운 사람이 생각나면 슬그머니 다가가 배롱나무의 표피를 애무하듯 어루만졌단다. 마치 애인을 애무라도 하는 것처럼. 그럴 때면 나무는 애교스런 몸짓인지 간지럼을 타는 듯 가지 끝이 파르르 떨렸다 한다. 그래서 간지럼 나무라는 별칭이 붙었다. 옛날에는 백일홍 나무가 귀하여 궁궐이나 절, 사대부 집에서나 볼 수 있던 나무였다.

가을

•

그리움

사랑아
짧은 사랑아
단풍 진
배롱나무

    열흘 이상 피는 꽃이 드문데 백일이나 가는 꽃이 있다. 백일홍 꽃은 여름 내내 진분홍으로 피어서 아름답다. 서양의 배롱나무는 꺽다리처럼 키만 삐쭉 커서 아롱다롱한 맛이 떨어지나 우리의 배롱나무는 손질을 하지 않아도 저절로 우산처럼 아름다운 자태로 자란다. 그 둥근 가지 끝에 진분홍으로 빨갛게 피어오른 백일홍 꽃은 미의 여신 인양 아름답다. 전라도 담양의 명옥헌을 8월에 가면 조선 시대 백일홍정원의 장관을 구경할 수 있다. 그런데 배롱나무는 가장 늦게 잎이 나고 가장 빨리 낙엽이 지는 특징이 있다. 대추나무 잎 날 때 봄날은 간다는데, 백일홍 나무의 새싹이 바로 대추나무 잎 나는 시기와 같다. 그리고 찬 바람이 불기 시작하면 단풍이 지기 시작하여 일 년 중 거의 반을 잎도 없이 사는 서글픈 나무다. 사랑하는 사람을 먼저 보내고 나면 그리움이 사무치기 마련이다. 그래서 뜻이 있는 사람들은 사랑하

- 봉곡리에서 날아온 편지

는 사람의 묘지 옆에 배롱나무를 심어 놓고 생전의 모습을 그리워하기
도 한다. 이 무더운 여름 창밖의 배롱나무 매력에 빠져들어 본다.

·

지각

황금빛

봄날은 간다

목 백일홍

잎 날 때

가을

편지

우체통
쓱- 열어보니
한 마리
귀뚜라미

처서가 지나니 아침저녁 햇살이 다르다. 여전히 한낮은 30도를 오르내리지만, 바람의 색깔이 다르다. 아침 독락원(獨樂園)에 들어서며 우체통 문을 쓱 여니 귀뚜라미 한 마리가 펄쩍 튀어나와 가슴에 안긴다. 가을이 내 품에 안긴 것이다. 편지를 발견한 것보다 더 기분이 좋았다. '시간의 정원' 집에 우체통을 멋지게 세워 놓았더니 그 덕을 보는 것일까? 사람에게서 받는 것만이 편지가 아니다. 수선화가 봄 편지를 보내주고, 솔나무 구부정한 노송이 바람의 말을 전해주고, 거북바위가 시간의 향기를 전해주는 것 또한 편지다. 자연에 산다는 것은 자연의 목소리를 알아들을 수 있는 귀가 열리는 일이다.

- 봉곡리에서 날아온 편지

●

모창(模唱)

옷장 속
귀뚜라미야
나왔니
히든 싱어

　'시간의 정원' 집에서 가을밤을 보내는 일은 새로운 세계로의 향연이다. 전등을 끄고 하늘을 향해 누워보면 여치, 귀뚜라미, 풀벌레 소리 교향곡을 듣는 듯 아름다운 밤을 보낼 수 있다. 숨어서 노래를 부르는, 히든 싱어(Hidden Singer)에 나오는 아마추어 가수들처럼 청량하게 울어댄다. 그때 유성 하나 찍- 똥 깔기고 지나가면 나는 어느새 소년 시절 모래재의 밤으로 달려가는 시간 여행을 한다. 추억 속에 남아있는 시간이지만 가슴속에는 영원한 노스탤지어의 향수처럼 꿈틀거리는 곳이다.

　영화 '마지막 황제 브이'에서 황제의 자리에서 쫓겨난 브이가 황궁의 정원사가 되어 구부정한 노인의 몸으로 옥좌를 향해 올라가는 장면이 나온다. 브이는 의자 밑에서 구멍이 숭숭 뚫린 귀뚜라미 집을 꺼낸다. 그 문을 여는 순간 귀뚜라미가 뛰쳐나온다. 그 또한 어린 시절 시간 여행을 경험한 것이리라. 자연의 숨소리는 우리의 영원한 고향이 아닐까 생각해 보는 가을의 문턱이다.

•

농막

묵묵히

등불을 켜요

귀뚜라미

소리뿐

- 봉곡리에서 날아온 편지

물길

길 속에
또 길이 있다
그림자
일렁이는

가을이다.

산책길 강가 벤치에 앉아 가만히 물속을 들여다보면, 밝고 어둡게 일렁이는 물결무늬. 그 물결무늬는 어릴 적 물미산 치마바위에서 멱감다 발견한 물결이다. 엑스포 다리 아래 잔물결 일면 흔들리는 바람 따라 소리치는 물결무늬. 불같던 여름 사랑 붙잡지 말고 시간의 흔적인양 흘려보내라고 강바닥 일렁이는 물그림자 소리치고 있다. 광학적 무아레(moire) 무늬를 전공하면서 물결무늬가 무아레 무늬라는 것을 알게 되었고, 그 무아레 무늬는 주기적인 무늬가 겹쳐서 만들어지는 간섭무늬라는 것 또한 알게 되었다. 수면에 이는 물결의 마루가 태양광에 의해 밝은 줄무늬가 되고, 골이 어두운 줄무늬가 되어 일렁이는 물그림자를 만든다는 것도 깨닫게 되었다. 어릴 적 보았던 그 물결의 파동이 전파되어 길 속에 길이 있다는 것을······.

가을

•

낙엽

한 자락
바람이었나
가을비
젖은 발목

가을바람에 수양버들 낙엽이 쏟아져 굴러가고 있다. 나이가 들어서일
까? 떨어진다는 것은 슬픔을 느끼게 한다. 꽃잎은 씨앗을 위해 떨어지고,
씨알은 새싹을 위해 떨어지는데 낙엽은 무엇을 위해 떨어지는 것일까?

낙엽이 지는 것은 지구가 잡아당기기에 떨어지는 것이 아니다. 스스
로 떨어지는 것이다. 모체인 나무를 위해. 한겨울 나무가 잘 자랄 수
있도록 이불이 되어주고, 거름이 되어주기 위해서 스스로 떨어지는 것
이다. 그것이 낙엽이 가야 할 길이기 때문이다. 이렇듯 자연은 순리대
로 자신의 길을 뚜벅뚜벅 걸어가고 있다.

낙엽아 두려워 마라. 사랑에 빠지는 것을. 지구가 널 사랑한단다. 너
만의 마지막 춤으로 파문 져 떨어지거라. 대지의 엄마 품에 안기는 아
이처럼 웃으며 떨어져 안기거라. '노병은 결코 죽지 않는다. 다만 사라
질 뿐이다'.

- 봉곡리에서 날아온 편지

●

낙엽

다시는

안 올 것처럼

추어라

불꽃으로

가을

이 순간

볼펜 끝
멈춰 선 지구
날개 접은
잠자리

시월은 허공의 계절.

문을 열고 있어도 좋을 만큼 공기도, 햇살도 맑고 깨끗하다. 농막 문을 열고 뭉게구름 넉줄시를 쓰고 있는데 볼펜 위로 고추잠자리 한 마리 살며시 앉는 게 아닌가. 아니 이럴 수가! 호흡도 지구도 멈춰 섰 다. 눈알도 굴리지 못하고 응시하는데 잠자리는 아예 날개를 접는다. 무슨 말을 전해주러 날아온 것일까? 어느 별에서 날아온 UFO일까? 눈 한번 깜빡이지 못했는데 포르르 날아가 버린다. 한참 동안 멍하니 빈 하늘만 쳐다봤다.

이 순간//시/쓰고 있는 볼펜 끝/잠자리 한 마리 날아와 앉다//아니 이럴 수가!//지금/이 순간/돌아가던 지구가/여기 와 멈췄다.

- 봉곡리에서 날아온 편지

분명 시 할머니가 무슨 메시지 주러 보낸 것이 분명하다. 그날의 그 짧은 경험은 늘 뇌리에서 잊혀지질 않아 전령사 고추잠자리의 언어를 해독하는 날이 오기를 고대할 뿐이다.

·

첫사랑

잡힐 듯
잡히지 않던
어릴 적
물잠자리

지금은 대청호 물속에 잠겼지만 내 고향 물미산 치마바위는 여름철 동네 꼬마들의 놀이터였다. 아이를 지혜롭게 기르려면 물가에 살라는 말이 있다. 냇가에서의 하루는 학교 밖 과학 실험실이고, 문학 마당이었다. 발가벗고 미역 감다 지치면 모래사장에 나와 모래성을 쌓았던 기억이 새롭다. 바람이 불면 시냇물의 깊이에 따라 파장이 달라지는 잔물결, 두 말뚝 사이로 생긴 물결파가 겹쳐서 만들어지는 간섭무늬 물결, 이제 와 생각해 보니 나는 놀면서 공부를 하였던 것이다.

가을

초등학교 시절, 조그만 여자아이를 데리고 새 교장 선생님이 부임하셨다. 그 아이는 같은 반 동무가 되었다. 그해 여름, 물레방아 수로길 풀숲에 각시 잠자리 한 마리가 무지개색 날개로 날 유혹하고 있었다. 그 아이에게 잡아 주고 싶은 마음으로 사로잡혔다. 살금살금 다가가 잡으려 하면 날름 날아가 버리는 각시 잠자리, 약 오르지롱 메—롱, 저만치 날아가 시치미 뚝 떼고 다시 앉아 약 올리던 각시 잠자리. 내 어릴 적 첫사랑 그림자였다.

•

은총

우주가
여기와 앉네
잠자리
날개 접은

- 봉곡리에서 날아온 편지

길가

여보게
어딜 가시나
손 흔드는
구절초

시월이다.

벌개미취 지고 나니 여기저기 구절초 웃고 있다. 신이 절로 난다. 길을 걸어도, 차를 몰고 달려도 연분홍 구절초 꽃이 군락을 이루어 손짓해주는 걸 보면 웃음꽃이 저절로 피어난다. 시골길을 달리다 보면 단아한 여인네가 하얀 행주치마 앞에 두르고 어서 오라 손짓하는 것 같아 행복하다. 그래서 시월은 내가 가장 좋아하는 계절이다. 산기슭에 작은 군락을 이루어 피는 구절초는 옥황상제를 모시던 선녀가 내려와 앉은 꽃이란다. 그래서일까? 구절초 꽃을 보면 올여름 폭염에 지쳤던 심신에 생기가 난다. 중양절 풍습에는 국화전을 부치고, 국화차를 마시며 시를 읊는 풍습이 있었다. 넉줄시가 절로 나올 것 같은 이 가을에 산기슭 풀밭에 핀 구절초를 보면서 시 한 수 읊어보면 어떨까?

•

모래재

구절초
흰 물결무늬
추실까요
춤 한번

내 고향 모래재는 이름 그대로 모래가 많은 시골 동네다. 산 넘어 신촌 뜰 포도밭에 가려면 고개 넘어 외길을 가야 했다. 그 길가에 시월이면 영락없이 피는 꽃이 바로 구절초 꽃이다. 저녁 무렵 산길에 피어있는 연보랏빛 구절초는 왠지 모르게 슬퍼 보였다. 늘 콩밭에 묻혀 일만 하시던 할머니의 슬픈 은비녀처럼. 등이 굽어 슬픈 모습, 무릎이 아파 뒤뚱뒤뚱 걸으시던 할머니가 모랫길 언덕을 넘기란 무척 힘들었으리라. 그러나 어린 내가 그 심정을 알았을 리 없다. 폴짝폴짝 뛰어가며 "할머니 빨리 와" 하고 소리치면 할머니는 상기된 얼굴로 "어여 먼저 가" 하고 손짓을 하였다. 붓도랑 길가에 얼비친 구절초 그림자처럼. 아직도 뒤따라 오실 것 같은 꼬부랑 할머니의 팔자걸음. 발가락이 닮았네, 솟아오른 발등이 닮았네. 끊어질 듯 이어지는 갈바람 소리에 구절초 하얀 꽃이 손짓을 한다. 할머니의 쪽진머리 하얀 머리

- 봉곡리에서 날아온 편지

칼처럼. "어여 먼저 가." 이제는 내가 일곱 살 손녀 서현이에게 하는 말이 되었다.

·

길목

돌담 밑

하얀 구절초

기다리나

누구를

가을

잠자리

앉을래
앉을 수 없는
저 포물선
허망의

내 농막엔 화장실이 없다.

나야 남자고, 자연주의 시인이니까 불편함이 없다. 농장의 어디서나 시원하게 소변을 볼 수 있으니 말이다. 그러나 며느리나 여성 회원들은 오기를 꺼린다.

긴 가뭄 끝. 원추리 꽃도 장미도 목말라 축 늘어져 있는 오후. 소변이 마려워 풀밭을 향해 거총 발사를 하는데 먹 잠자리 한 마리 어디선가 날아와 소변 줄기에 앉으려 애를 쓰고 있는 것이 아닌가. 잠자리도 목이 탄 것일까? 허망의 포물선 오줌 줄기에 앉아 보려고 애를 써도 앉을 수 없는 잠자리. 한 편의 걸작을 남기려 잠을 잊고 고뇌해도 써지지 않는 내 모습과 오버랩되어 측은해 보였다. 잡힐 듯 잡히지 않는 시 한 편을 쓰기 위해 새벽 불 밝히고 일어나 있는 내가 바로 저 잠자리 아닐까…….

- 봉곡리에서 날아온 편지

먹잠자리//긴/가뭄 끝//풀밭에 오줌 누는데/한 마리 먹잠자리 앉으려/꼬리춤 춘다//잡힐 듯/잡히지 않는/허망의 포물선//잠자리/날개 위에/내가 앉아 있다.

시월은 눈길 닿는 곳마다 놀라움의 광경이 펼쳐져 아름답기 그지없다. 이 좋은 계절 시 한 편 써서 책상 앞에 붙여 놓고 감상에 빠져보는 것도 신나는 일 아닐까?

●

잠자리

잡아봐

용용 죽겠지

사랑해봐

하트로

유기농 농사를 짓다 보니 이맘때면 여치, 방아깨비, 귀뚜라미, 잠자리 등의 사랑 행각이 여기저기 눈에 띈다. 초가을 어린 곤충들은 귀엽게만 보였는데, 가을이 짙어지니 모두들 짝을 찾기에 바쁘다. 특히 방아깨비와 때때비의 사랑은 마치 어미가 새끼를 등에 엎고 다니는 것 같아 재미있다.

가을

어디서 날아왔을까? 물잠자리 한 쌍이 사랑의 하트를 그리면서 이 창포잎에서 저 창포잎으로 날아다니고 있다. 수컷은 꼬리로 암컷의 뒷머리채를 잡고, 암컷은 꼬리를 숫컷의 배에 밀착시켜 공중 비행하는 물잠자리의 사랑법은 아름답기 그지없다. 저 아이들의 DNA 속에는 하트 모양이 사랑의 표시라는 것이 이미 저장되고 있었던 것일까?

자연은 참 신비롭다.

•

하트

사랑은

저리 하는 것

농익은

실잠자리

- 봉곡리에서 날아온 편지

아침

벼잎에
그림자 후광
혹시 날
보셨나요

어느 해 가을 아침 등굣길.

세천역 기차를 타기 위해 새벽밥을 먹고 신작로를 친구들과 함께 걸어갔다. 먼동이 트기 시작하자 누렇게 익은 벼잎에 맺힌 이슬방울들이 영롱하게 빛나고 있었다. 꾀꼬리봉 사이로 뜨는 아침 태양은 나에게 희망과 꿈이었다. 그 태양을 등지고 바쁜 걸음으로 길을 걷는데 벼잎에 드리운 내 그림자 머리 부분에 아름다운 무지개 후광이 동그랗게 맺혀 날 따라오고 있는 것이 아닌가? 친구들 머리 그림자에는 생기지 않는데 내 머리 그림자 주위에만 무지개 후광이 발생하고 있었다. 같이 걸어가고 있는 친구들의 머리 그림자에는 생기지 않았다. 아니 이럴 수가?

가을

후광(後光)

통학 길
황금 무지개
소년의
길라잡이

예수님이나 부처님 머리에만 생기는 후광 현상이 내 머리 그림자에도 생기는 것은 무슨 의미일까? 그날 이후 나는 이 비밀을 누구에게도 말하지 않았다. 천기누설이 되어 기가 새나가면 안 되겠지? 그런 신념이 생겼던 것 같다. 그리고 인생을 살면서 그날의 그 추억은 에너지가 되어 좌절하려는 나를 일으켜 세우곤 하였다. 마치 큰 바위 얼굴처럼.

그런데 그 그림자 후광 현상이 하나의 광학적 현상이라는 것을 아는 데는 수십 년이 지나 서야 알게 되었다. 벼 잎에 맺혀있는 이슬방울들에 광선이 굴절–재귀반사–굴절하여 관측자의 눈에 들어와 결상되는 지극히 자연스러운 현상이라는 것을. 그리고 이 현상은 자기 자신에게서만 관측된다는 사실도. 그러나 내 머리 그림자 후광 현상은 내 인생길의 등대가 되어 나의 앞길을 비춰주고 있었던 것이었다. 창의적으로 성취하는 사람에게는 자기 나름의 등대를 갖고 있다고 한다.

- 봉곡리에서 날아온 편지

적절히 부족하고, 불편한 것이 오히려 성취의 밑거름이 될 수도 있음을 알았으면 좋겠다.

·

가을

보았니
시간의 후광
동트던
논두렁길

산국

노오란
향기에 취해
혼자 웃는
돌거북

　어느 햇살 좋은 날, 가을 금화(金花)에게 '소나기'의 산골 소년마냥 꽃 구경 오라 문자를 보낸다. 모든 꽃들이 짙은 향기로 소리치는 이 계절, 조선의 여인같이 작달막한 가을꽃. 쑥부쟁이, 산국, 감국, 개미취들이 있어 나는 행복하다.

　쑥일까? 국화일까? 예초기 회전날개 소리에 오들오들 떨던 풀 닮은 꽃 산국. 용케도 살아 가을까지 왔다. 마당귀 밤하늘 은하수이듯 쏟아져 내린 쑥부쟁이, 산국의 무리는 하루종일 내 눈길을 잡아끈다. 그래서 시월은 아예 문을 열어 놓고 산다. 내 고향 모래재 언덕에 지천으로 피던 꽃, 지금은 봉곡리 우물가 내 곁에서 '나도 꽃이야 꽃. 나좀 봐줘!'라고 소리친다. 그러나 이 아름다운 산국의 향기도 빛깔도 길고 긴 봄, 여름을 땀 흘려 가꾸어야만 곱고 아름답게 피는 것이라고,

- 봉곡리에서 날아온 편지

고통 끝의 단맛을 나에게 일러주고 있다.

•

추우(秋雨)

어디로
가시는 걸까
빗소리
낙엽 밟는

시월의 끝자락 비가 내린다. 윤 초시네 증손녀에게 한 아름 안겨준 산
국이 빗방울 소리로 향기를 토한다. 가을비는 우산을 써도 들이쳐 발목
을 적신다. 이 비가 그치면 추워지리라. 향기는 꽃의 말이다. 꽃은 향기
로 말을 한다. 난이나 국화과 식물들은 띄엄띄엄 불연속적으로 향기를
낸다. 연속적으로 향기를 내는 식물들은 우리 코가 무뎌져 계속해서 그
향기를 맡을 수가 없다. 그래서 옛 선비들은 뜰에다 난초와 국화를 심고
문향(聞香)이라 하여 그 꽃이 하는 말을 향기를 통하여 들으려 했던 것
이다. 향기는 파동이다. 꽃의 언어가 향파(香波)로 파문 져 관찰자에게
전파되어 오고 있는 것이다. 그러나 꽃에서 향기가 나올 때는 파동으로
내지 않고 입자 형태로 불연속적인 향자(香子)를 낸다. 마치 삶의 고통

가을

속에 그 무게와 깊이가 견성(見性)을 일으키듯 향기도 이중성(二重性, duality)을 띠고 있다는 사실 앞에 이 가을 고개가 숙여진다.

·

산국

너였어?
부르던 이가
굽어 도는
저녁 길

- 봉곡리에서 날아온 편지

추색(秋色)

4박자
춤을 추네요
바람결에
홍단풍

한 자락 광풍.

우수수 쏟아지는 가랑잎이듯 후루룩 쏟아져 내렸다가 호로록 올라
가는 되새 떼 한 무리. 화들짝 놀란 토끼의 눈처럼 동학사 계곡은 혼
자 붉었다. 시월 끝자락 넉줄시 동인들은 그렇게 다시 모였다. 아무도
가지 않은 길, 두려움의 초행길, 다들 손사래 치며 돌아앉을 때 따라
나선 4박자 춤꾼들이 모여 가을 동학사 마당에서 춤을 추었다. 동학
산장 홑잎나무 고목도 4박자 운율을 알아듣는 듯 붉은 단풍으로 춤
을 추더라 노랠 부르더라.

2019년 4월.

우리는 비단강 벚꽃 길 창 넓은 창가 케이프 타운에서 눈을 맞췄다.
소곡주 한잔 술에 어깨를 들썩이고, 창작시 한 곡조에 화답을 하며 시

가을

작된 춤사위, 산도 웃고 강물도 출렁거렸다. 계룡산 너럭바위 드높은 춤마당에 구름이 내려와 노래하는 듯, 별빛이 쏟아져 파장별로 춤을 추는 듯 우리는 그렇게 한순간을 영겁의 시간으로 놀았다. 넉줄시 밴 드라는 가상 공간에서 홀로그램 광자들 파동의 춤을 추듯 끊어질 듯 이어지는 화답 시는 산바람 가지 끝에 휘날리더라 빛살 치더라.

•

백의(白衣)

우리는
하얀 민들레
춤을 추리
4박자

운명은 개척자의 것.

"할 것이 많은데 그런 걸 왜 해" 입방아 곁눈질 멸시당해도 금강물 돌아 돌아 굽이쳐 흐르듯 잔물결 파도 되어 바다가 되리. 하얀 가을 민들레 꽃씨 날 듯 전국 방방곡곡, 오대양 육대주로 퍼져나가 씨를 뿌 리리. 척박한 땅 돌 틈이어도 밟혀도 꽃을 피우는 민들레처럼 노랗고 하얗게 꽃을 피우리. 어린 동심 가슴에 꿈을 피우리.

- 봉곡리에서 날아온 편지

꽃씨

4박자

우리의 가락

춤 한 번

추실까요

가을

만추(晚秋)

불이야
불이 났어요
단풍 진
감나무 집

앞산, 계룡산 단풍이 줄달음쳐 내려오고 있다.

색 바퀴 윙윙 돌리며 골목길 내 달리는 한 떼의 아이들처럼. RGB(Red, Green, Blue) 색 바퀴 돌리고 돌려 만산홍엽(滿山紅葉) 가을 산. 색색으로 뛰어 내려오는 단풍요정들의 속도는 도깨비방망이인 듯 어느새 봉곡리 골목마다 불을 질러 여기도 저기도 활활 불타고 있다. 느티나무집, 감나무집, 단풍나무집 모두가 불이야! 불났어! 소리치고 있다. 불꽃에 숨어있던 붉은색, 노란색 본질의 아름다움을 보여주는 또 하나의 가을이다.

이제는 서서히 떠날 채비를 해야 할 때. 그때를 알려주기라도 하는 듯 일찍 물든 백일홍 낙엽이 한 자락 추풍에 우수수 지고 있다. 농장 한 편에서는 이제 막 가을이 물드는데 또 다른 한쪽에서는 낙엽이 떨

- 봉곡리에서 날아온 편지

어지는 것은 무슨 심사인가? 떠나야 할 때 떠나지 못하는 것도 애처롭지만, 그래도 조금 더 살아보겠다고 마지막 혼불을 태우며 요염하게 불타고 있는 아로니아 단풍잎 한 장도 눈길을 잡는다. 팽나무 고목의 노란 단풍잎은 농막의 지붕을 물끄러미 내려다보고 있는데 소나무 밑 굴참나무 잎은 아직 시퍼렇다. 떨어져야 할 때 떨어지지 못하는 굴참나무 잎, 너는 누렇게 변색되어 겨울을 맞이하리라. 그리하여 한겨울 찬 바람에 오들오들 떨며 달그락달그락 마른 춤 추면서 마지막 생을 보내게 되리라. 일어설 때 일어서고, 떠나야 할 때 떠나야 하는 것을.

•

단풍

우뚝 선
삼나무 사이
빛살 치는
그리움

얼마 전 일본 아소산 온천 여행길에서 삼나무 사이 비집고 들어서는 저녁 햇살에 살포시 웃고 있는 담쟁이 단풍을 보았다. 쭉쭉 솟아오

른 나무 기둥을 타고 올라가던 담쟁이는 무슨 생각을 하고 있기에 저
리도 아름다운 천상의 색깔로 웃고 있을까? 이 계절 활활 불타는 한
그루 단풍나무의 불꽃이고 싶다.

•

낙엽

여보게
어딜 가시나
산노을
물드는데

- 봉곡리에서 날아온 편지

연민

어쩌나
저 가을 벚꽃
무서리
내린 아침

무서리 하얗게 내린 아침.

농장에 들어서니 가을 벚꽃 몇 송이가 애처롭게 날 기다리고 있다. '지난밤 얼마나 추웠는지 아세요?' 투정이라도 부리는 듯 곁눈질로 쳐다보고 있다. 남들은 다 울긋불긋 등산복 갈아입고 이 산 저 산 단풍 구경 다니는데 가을 흰나비 날개이듯, 앞산 가막골 흰 구름이듯 홀로 서 드문드문 피어있는 저 가을 벚꽃. 누구를 기다렸을까? 따뜻한 아파트에서 쿨쿨 잠을 자고 있던 주인을 기다렸을까? 새벽잠 설치면서 시 한 수 찾아 헤매던 주인을 기다렸을까? 갑자기 가을 벚꽃 하얀 꽃잎 사이로 아내의 얼굴이 겹쳐 보인다. 나는 참 행복한 사람이다. 아내가 싸준 도시락을 들고 비밀의 화원 내 작은 농장에 들어서면 서리꽃 하얗게 뒤집어쓴 노란 동국(冬菊) 무리가 기다려 주고, 이 계절, 끝사랑 불타는 공작 단풍이 환하게 웃으며 맞이해주고 있으니 이보다 더 좋을 순 없다. 특히 내 정원의 주인인 흰 수염 돌거북이 동그란 눈 크게 뜨고 "너 오늘도 받아 쓸 준비가 되었느냐"고 묻고 있으니 얼마나 행복한 일인가?

•

시선(視線)

누구를
기다리시나
가을 벚꽃
새하얀

어떤 이는 봄에 피어야 할 벚꽃이 가을에 피었으니 정신 나간 꽃이라 업신여기기도 한다. 하지만 아니다. 가을 벚꽃은 춘추 벚꽃이라 하여 엄연히 국가표준식물목록에 등재되어있는 식물이다. 봄에는 첫사랑 설중매 채량한 꽃잎이 눈 속에서 달콤한 향기로 날 반겨주고, 가을에는 끝 사랑 가을 벚꽃이 오선지 음표처럼 늦가을 노래를 불러주고 있으니 어디 먼 길 여행할 마음이 들겠는가? 성근 가지 사이 행간을 지나가는 바람의 말을 내가 우매하여 받아 적지 못할 뿐. 꽃들은, 나무와 돌들은 끊임없이 나에게 시상을 주고, 깨달음을 주면서 시업(詩

- 봉곡리에서 날아온 편지

業)의 길로 나를 인도하고 있는 것이다. 아~ 살아있어 행복한 이 늦가을 아침. 한 자락 찬바람에 꽃잎 상할까 두렵구나.

•

잘 있어

낙엽은
혼자 말하지
가을 벚꽃
꽃잎아

가을

겨
울

여명(黎明)

드높은
갈매기의 꿈
해야 해야
솟아라

갈매기 하면 미국의 작가 리쳐드 바크(Richard Bach)의 소설 〈갈매
기의 꿈〉(Jonathan Livingston Seagull)이 떠오른다.

삐삐 마른 갈매기 조나단.

어쩌면 나일지도 모르는 그 갈매기가 고속비행에 성공하면서 겪게
되는 여러 경험과 깨달음은 우리에게 많은 시사점을 주었던 소설이다.
한 해의 끝자락에서 우리는 후회와 반성의 시간을 보낼 수도 있다. 그
러나 아쉬움의 시간에 멈추어 있을 수는 없다. 내일이면 새로운 해가
떠오른다. "항상 날 보고 배우기보다는 이제 너 스스로 나아가 성장하
라"는 메시지처럼 우리는 스스로 날아야 한다. 그리고 나의 인생을 즐
겨야 한다. 그래야 조나단처럼 초월적 비행 속도에 도달할 수 있는 것
이다. 자신감을 가지고 성취하면서 남에게 사랑을 베푸는 삶을 사는

- 봉곡리에서 날아온 편지

자가 정신적 승리자인 것이다.

•

너울

갈매기
파도를 타네
오선지
음표인 듯

이번 주는 새해가 시작되는 한 주다. 우리 자신이 동해바다에 떠오르는 저 웅장한 태양처럼 솟아오를 일이다.

해야 해야 솟아라!
갈매기의 드높은 꿈을 안고.

태양은 어제의 태양과 같은 태양이겠지만 그렇지 않다. 나에게는 새로운 새날의 태양인 것이다. 그 태양의 꿈과 정기를 받아 추는 나만의 춤, 그 독특하고 아름다운 춤을 세상에 내보이는 올 한 해가 되기를 빈다.

겨울

•

날아라

입가엔

태양 속 반달

그네 타는

아이들

- 봉곡리에서 날아온 편지

성에

그리워
눈물 흘려요
유리창엔
서리꽃

가을 가뭄이 오래 지속되어서일까?

올해는 단풍이 작년만큼 곱지 않았다. 국화 향기에 빠져있느라 단풍 구경도 못 했는데, 벌써 된서리가 하얗게 내렸다. 아침에 농장을 들어서니 산수국 붉은 잎새에 하얀 서리꽃이 겨울왕국을 연출하고 있다. 배추밭에는 하얀 레이스 달린 앞치마 잎은 소녀처럼 배춧잎이 배시시 웃고 있다. 노란 고갱이 꽃, 꽃도 아닌 것이 이렇게 아름다울 줄은 미처 몰랐다. 오들오들 떨며 피어난 구름 꽃, 새벽에 피었다가 아침이면 사라질 서러움의 꽃. 민들레, 논냉이 같은 앉은뱅이 꽃. 너, 나 가리지 않고 공평하게 내려앉아 피었다. 자연은 참 신비롭다. 병아리 눈곱 재기로라도 앉은뱅이 낮은 꽃에게 이 아침 짧은 사랑을 나누어 주고 있으니……

겨울

•

서리꽃

지난밤
사랑의 입김
피었나
꽃이 되어

　20여 년 전. 한참 춘란의 매력에 빠져있을 때, 따뜻한 남쪽 지방으로 난을 캐러 갔었다. 새벽 첫 버스를 타고 내려가 산에 올라갔는데, 여기저기 하얀 백복륜(白復輪)의 난초가 옹기종기 모여있는 것이 아닌가? 야— 오늘은 신나는 날이다. 감사 기도를 하고 실한 난초로 골라 몇 포기를 캐 배낭에 잘 모셔 넣었다. 점심시간이 되어 일행들에게 자랑하려고 꺼내 놓고 보니, 아니 이게 웬일인가? 하얀 복륜은 어디로 갔는지 사라지고 시퍼런 민 춘란만 웃고 있었다. 난 잎에 서리꽃 핀 것을 복륜 무늬로 착각한 것이었다. 서리꽃 사랑은 이렇듯 허망한 것일까? 서리꽃이 피기 위해서는 영하 6도 이하, 습도 90% 이상일 때 주로 핀다. 겨울의 길목, 가을이 가는 것을 아쉬워한 대지가 가을에게 마지막 입맞춤을 하였단다. 그 작별의 입맞춤 열기가 꽃으로 승화해서 핀 꽃이 서리꽃 아닐까? 새벽에 피었다 해가 뜨면 사라질 서리꽃의

- 봉곡리에서 날아온 편지

짧은 사랑. 그 짧은 순간의 사랑 안에 모든 결정체가 눈꽃으로 피어난 것이다. 자연은 우리의 참 스승이다.

•

서리꽃

사라질

햇살 비치면

꽃보다

슬픈 사랑

겨울

폭설

왜 이리
퍼붓는다냐
탁탁 터는
고무신

어느 해 겨울
아침 일찍 나가보니 눈이 마당 한가득 와 있었다.
마루를 내려선 어머니, 검정 고무신 가득 쌓인 눈을 털면서 하시던
말씀.

  폭설//왜/이리/퍼붓는다냐/섬돌 위/검정 고무신/탁탁 터는 어머니/
  목발 짚고 일어선/발자국 네 개/뒷간 가더라/홀로 가더라/산도, 나
  무도, 경계도/묻히더라/뒷모습/마저

그 말씀이 절간이 되었다.
신경통과 관절염으로 고생하시던 어머니.
똑바로 서 있을 수 없어 목발을 짚었다. 그 목발로 바깥 화장실 가

- 봉곡리에서 날아온 편지

시던 뒷모습, 어깨 위엔 서러움의 하얀 눈이 무겁게 쌓이고 있었다. 아직도 지워지지 않는 화장실 가는 눈길 위의 네 발자국, 주홍글씨처럼 눈에 선하다.

•

폭설

그리워

눈물 납니다

울음 삼킨

설중매

왜 무릎 수술 하나 해 드리지 못하였던가? 대전에서 서울로 이 병원 저 병원 다녔지만 고혈압과 갑상선 수술로 무릎 수술이 힘들다는 판정을 받고 내려오던 날, "괜찮아 이거 때문에 죽지는 않잖아" 룸미러로 보이는 어머니는 오히려 날 위로하고 계셨다.

이제는 어머니의 그 뒷모습마저 세월의 시간 속에 묻혀가고 있다. 색바랜 포스트잇의 넉줄시처럼. 아! 산다는 것은 무엇인가? 눈은 펑펑 내리고 산사의 밤은 깊어만 간다. 뚜두둑 뚝딱 겨울 산 앓는 소리가 잠을 못 들게 한다. 폭설을 이기지 못해 소나무 가지가 부러지는 저 소

겨울

리, 무릎이 쑤셔 밤새 앓으시던 어머니의 신음소리인 듯 귓전을 맴돈
다.

•

폭설

계룡산

눈은 퍼붓고

풍경마저

잠든 밤

- 봉곡리에서 날아온 편지

단벌

겨울 산
발가벗은 산
무릎 시린
아이들

눈 덮인 겨울 산은 아름답다.

그러나 앙상한 속살을 드러낸 겨울 산은 쓸쓸하고 춥다. 마치 옷이 없어 따뜻하게 입지 못했던 어린 시절 동네 아이들처럼. 그때는 왜 그리 못살았을까? 옷소매는 콧물로 반질반질 빛났고, 무릎은 바람이 숭숭 구멍 뚫려있기 일쑤였다.

그러나 우리네 인생도 그러하듯 겨울이 있어 봄이 오는 것 아닌가. 눈이 없어도 늙은 소나무 밑의 찬 솔바람 소리는 영화 "폭풍의 언덕"에서 창문 너머 들리던 히스클리프! 히스클리프 외치던 캐시 영혼의 부름처럼 우리를 미지의 세계로 빠져들게 한다.

벗었니?/응, 다 벗었어/알몸으로/서 있는//나목(裸木)처럼, 홀라당 벗은 은사시나무들의 무리 진 속살들은 벗고 있어도 아름답다. 정녕 나

겨울

무는 버려야 할 시간을 알고 있어 가을이 아름답고, 산은 동안거(冬安居)에 들어간 스님처럼 묵상하는 모습이 있어 숭고하다.

북풍설한(北風雪寒), 윙-윙 소리쳐 우는 나무들은 일본영화 러브레터에서 죽어 간 정혼자를 그리워하며 산을 향하여 "오 겡끼 데스까(お げんきですか)"를 외쳤던 것처럼 나는 벗어 춥고 아리지만 "숲이여, 산이여 건강하시라"고 외치는 듯하다.

·

나목(裸木)

벗었니
응 다 벗었어
눈송이
이불 덮고

그래서 한 그루 한 그루의 나목은 쓸쓸하고 외로울지 모르지만 속살을 훤히 드러내고 있는 겨울 산의 능선은 아름답기 그지없다. 특히 강원도 설악산이나 치악산과 같이 눈이 많이 내리는 겨울 산 산사(山寺)에서의 하룻밤은 특별한 경험을 맛보게 한다. 뚜 두둑 뚝 딱 시도 때도

- 봉곡리에서 날아온 편지

없이 솔가지 꺾어지는 소리에 잠을 잘 수 없기 때문이다. 꽃잎처럼 부드
럽고 가벼운 눈송이가 그 큰 소나무 가지들을 부러뜨리다니……

•

나목(裸木)

가지 끝

눈부신 빛살

좋은 날

살아있어

겨울

산수유

눈송이
미사포 쓰고
기도하네
밤새워

사락사락 싸락눈 내리는 새벽,

사립문 앞 찬송가 부르던 성가대 합창 소리 귓가에 들리는 듯하다. 지금도 성탄 무렵 눈 내리는 밤을 보면 잠자는 영혼을 일깨운다. 펄펄 날리는 함박눈을 미사포인 양 머리에 얹고 노래 부르는 자매님들의 모습은 천사의 모습인 듯했다. 이 집에서 저 집, 아랫마을에서 윗마을로 주님이 오셨다고, 기쁘다/구주 오셨네/만백성/맞으라 노래 부르던 그 새벽의 사립문. 신자들은 함박눈 뒤집어쓰고 옹기종기 매달려 있는 겨울 산수유 열매처럼 청량했다. 그런 정경 다시 만날 수 있을까? 크리스마스가 다가오면 신자이건 아니건 모두가 성스러웠다. 주막집 문틈으로 새어 나오던 노란 호야불 불빛도, 사랑채 놀음판 등잔불 밑 눈싸움까지도 아름다웠다. 모두가 기다림의 영혼이 순백으로 빛나기 때문이었으리라.

- 봉곡리에서 날아온 편지

예배당

어디 가
다시 만날까
그때 그
먼 종소리

요즘은 교회의 새벽 종소리를 들을 수 없다. 아니 그 어떤 종소리도 들리지 않는다. 도시 소음 규제법 때문에 종을 칠 수 없단다. 여기저기 십자가이니 동시에 종을 쳤을 때 가까이 사는 사람들에게는 소음으로 들릴 것이리라. 그러나 교회당의 종소리는 영혼의 울림이고 떨림이다. 그 진동의 공명으로 우리의 영혼이 좀 더 정화되고, 맑아지는 것 아닐까 생각한다. 인간의 생이 끝나는 마지막 순간까지 제 기능을 발휘하는 오감(五感)이 바로 청각 기능이기 때문이다.

어린 시절 새벽 공부하다 멀리서 들려 오는 현암사 범종 소리에 마음을 가다듬곤 했다. 불자가 아니어도 정갈한 마음으로 새벽 공부를 했었다. 아직도 그 소리가 내 영혼에 울리는 듯하다. 교회의 종소리를 소음이라 하여 규제만 할 것이 아니라 외따로 떨어져 있는 경우나 특별한 날은 규제를 풀어주는 융통성을 발휘해주는 것이 어떨까?

겨울

•

폭설

한겨울

산수유 열매

꽃이 피네

봄처럼

- 봉곡리에서 날아온 편지

독락(獨樂)

십이월
설중매 향기
누가 알까
이 사랑

시들어 말라버린 구절초 꽃대궁.

차마 베어내지 못하고 지켜 보고 있는 것은 지난가을의 아쉬움 때문일까? 메마른 꽃대가 어쩌면 인생의 끝자락에 서 있는 나의 모습 같다. 그렇다면 아직 피워야 할 꽃이 더 있는데……. 눈이 오면 하얀 눈꽃을 뒤집어쓰고 한겨울 아름다운 눈꽃을 피우리라. 끝 사랑 시 한 수 지어내듯. 그래서 차마 자르지도 못하고 지저분한 듯 누워있는 메마른 꽃대를 인내하고 있는 것이다. 이런저런 생각 속에 어디선가 매콤한 매화 향기가 발길을 잡아끈다. 가만가만 숨죽여 따라가 보니 설중매 성근 가지에 새끼손톱마냥 체량한 꽃잎이 눈송이인 듯 앉아 있는 것이 아닌가. 설중매 향기가 코끝을 지나간다. 십이월 매콤한 이 설중매 향기를 누구와 같이 나눌까?

겨울

•

설중매(雪中梅)

소매 끝

소소리 바람

꽁꽁 언

꽃잎 하나

아직 봄은 먼데, 꽃이 없어 눈 둘 데 없이 쓸쓸해 하는 주인의 마음을 설중매 나무는 알았던가? 다섯 송이 향기로운 꽃을 피워준 것이다. 그것도 넉줄시집 〈처마 끝 풍경소리〉로 공주문학상을 수상하는 날 꽃이 피어 더 의미가 깊다. 청랑한 매(梅), 난(蘭), 국(菊), 죽(竹) 사군자는 진정 의미의 식물이다. 선비의 고결한 은일의 품격은 한가로움에서 나온다고 한다. 뒷짐 지고 솔나무 밑을 걷다 보면 윙윙 울어대는 솔바람 회절 소리에 생기가 나고, 난초 잎보다 더 파랗게 이 겨울을 나는 꽃무릇 잎새가 나도 알아봐 달라고 손을 내민다. 梅一生寒 不賣香(매일생한 불매향)이라 하지 않았던가? 매화는 일생을 춥게 살아도 결코 향기를 팔지 않는다는 것이다.

- 봉곡리에서 날아온 편지

매화밭에서//누군가/나에게 물었다/매화와 매실의 차이는 무엇이냐
고/나는 그냥 웃었다.//그런데/지난밤 꽃샘추위가 몰아쳤다/매실나
무 꽃은 오들오들 떨다 누렇게 다 얼었는데/매화나무 꽃은 하늘하늘
쌩쌩하게 웃고 있었다.//매화는/아무리 추워도 그 향기를 팔지 않는
다/옷깃을 파고드는 꽃샘추위가/나에게 물었다.//너는 누구인가?

그 말을 인증이라도 하듯 이른 봄 꽃샘추위라도 몰아치는 날이면
매실나무꽃, 목련꽃은 누렇게 변색되어 마음을 상하게 하는데 매화꽃
은 그 어떤 추위에도 변색되는 법이 없다. 지난밤 꽃샘추위로 꽁꽁 얼
어 있다가도 햇빛을 받으면 환하게 새로 피어나는 꽃, 우리 또한 그 설
중매를 닮아 불의에 굴하지 않고 굳건하게 향기를 내는 의지 높은 한
국인이 되길 소망해 본다.

후회

그때는
정말 몰랐어
설중매
깊은 향기

겨울

첫눈

내리네
은빛 음표들
갈대밭
서걱이는

우리는 왜 첫눈을 기다릴까?

첫사랑, 첫월급, 첫나들이, 첫 자가 들어가면 왠지 설레고 싱그럽다. 그래서일까? 아침에 농장에 들어서니 하얗게 눈이 내렸다. 자동차 바퀴 자국을 내는 것이 싫어 걸어 들어가 본다. 한 발자국, 두 발자국……. 서걱이는 갈대밭에 내린 하얀 눈송이들이 은빛 음표인 듯 찬바람에 춤추고 있고, 하얀 미사포를 뒤집어쓴 붉은 산수유 열매들이 수줍게 웃고 있다. 하늘에선 아직도 눈발이 분분히 내리고, 등 굽은 노송은 내 어릴 적 할아버지마냥 허허 웃고 있다. 이렇게 눈이 오는 날이면 어린 시절, 성탄절 새벽에 사립문 앞에서 불러주던 성가대 단원들의 새벽 찬송가 소리가 들리는 듯하다.

새벽 송//눈송이/미사포 쓰고/밤새워 기도하네//산수유/붉은 열매/

- 봉곡리에서 날아온 편지

용기 종기 모여 앉아//기쁘다/구주 오셨네/찬양하는 천사들//눈송이/미사포 쓰고/대문 앞 노래하네.

어쩌면 육칠십 년대를 살아 본 한국인이라면 이러한 정취를 다 경험하였으리라. 그 시절 용감한 사람들은 미지의 나라 미국으로 유럽으로 민들레 홀씨 날아가듯 떠났을 것이다. 그러나 미지의 땅, 남의 나라에서 보낸 첫날 밤은 얼마나 외롭고 쓸쓸했을까? 낯선 침대방에서 베개를 끌어안고 흐느껴 울었을 것이다. 그래서 첫날은 더 잊지 못하리라. 그러나 민들레 홀씨는 아무리 척박한 땅에서도 뿌리를 내려 꽃을 피우듯 이를 악물고 남의 언어를 배우고 익혀 오늘의 역사를 이룩했으리라. 그 개척 정신이 오늘의 대한민국을 만들었다. 역사는 그래서 소중한 것이고, 미래의 거울이 되지 않으면 안 된다.

•

그리움

설중매
은은한 향기
잠 못 드는
섣달 밤

겨울

첫눈 내리는 찬 바람 속에서 설중매 향기가 코끝을 지나간다. 십이
월 매콤한 이 설중매 향기를 지난 일 년 동안 나의 글, 넉줄시를 읽어
준 애틀랜타 미지의 독자들께 선물하고 싶다.

•

첫눈

따스한

입술에 내린

눈이여

사랑이여

- 봉곡리에서 날아온 편지

윤슬

비단강
황금 발자국
신호등 옆
접의자

빈 유모차.

할머니 한 분이 힘겹게 횡단보도를 건너고 있다. 반쯤 좀 넘어왔는데 뚜─뚜 신호음이 울리더니 빨간불로 바뀌었다. 배달용 오토바이 한 대, 할머니 앞을 휙 내달려 질주한다. 할머니는 쩔룩쩔룩 급하게 유모차를 밀어 보지만 등만 더 휠뿐. 흰 줄배기 횡단보도는 너무 멀다. 간신히 횡단보도를 건너온 할머니 땅바닥에 털썩 주저앉아 유모차 바퀴를 쓰다듬으며 하는 말. "아이고 오늘도 간신히 살았네." 줄무늬 횡단보도 푸른 시간은 너무 짧다. 그래서였을까? 공주시에서는 신호등 옆에 접의자를 설치했다. 다리나 허리가 불편한 할머니 할아버지들은 신호등 기다리는 시간이 괴롭다. 그래서 장애인 아닌 할머니 할아버지들은 신호등 기둥을 붙잡고 기다리곤 한다. 그 마음을 알았는지 공주시청에서는 횡단보도 신호등 옆에 접의자를 설치했다.

겨울

•

노인

태양도
이지러질 땐
눈시울
붉은 눈매

  과학기술 정보화 사회가 되어서 그럴까? 요즘 젊은 세대는 노인들을 존경하지 않는 것 같다. 그도 그럴 것이 컴퓨터도 자기들보다 못하고, 스마트 폰 앱도 다운받을 줄 모르니 어떻게 우러러보겠는가? 그러나 얼마나 허리가 아팠으면 빈 유모차를 밀고 가겠는가? 스핑크스의 수수께끼처럼 아침에는 네 다리로, 낮에는 두 다리로, 저녁에는 세 다리로 걷는 짐승이 바로 인간인 것을……. 지팡이가 발달하여 유모차가 되었지만 불편하기는 여전히 마찬가지다. 허리가 아파 주저앉고 싶은 노인의 그 심정을 누가 알 수 있을까? 태양도 이지러질 땐 붉은 노을이 지는데 하물며 인간은 어쩌랴. 공주라는 도시는 백제의 옛 수도로 고색창연하다. 비단강 비단마을의 공주 사람들은 비단결처럼 때 묻지 않고 순수하다. 전국에서 처음 노인들을 위해 건널목에 접의자를 배치할 만큼 따뜻한 사람들이 사는 곳, 공주. 저녁녘 비단강의 윤슬처럼 아름답다.

- 봉곡리에서 날아온 편지

•

윤슬

비단강

마을 사람들

반짝이는

구두코

겨울

낙조(落照)

태양아
두려워 마라
사랑에
빠지는 거

"Don't be afraid to fall in love with something."
무엇인가와 사랑에 빠지는 것을 두려워 마라.

세계적인 창의성 연구소인 University of Georgia의 Torrance Center에 입구에는 위와 같은 글귀가 게시되어 있다. 사랑에 빠지는 것을 두려워 마라는 것이다. 그 대상이 사물이든 사람이든 간에 두려워 마라는 것이다. 창조적인 일을 즐겨하는 사람들은 새로운 일에 빠지는 것을 두려워하지 않는다. 일단 빠져보라는 것이다. 시 쓰기도 마찬가지이리라.

- 봉곡리에서 날아온 편지

•

석양

다시는
안 올 것처럼
태워라
불사르라

미지의 세계에 대한 두려움 때문에 중세 사람들은 배를 타고 멀리 나가지 못했다. 그런데 콜럼버스, 아문센 같은 사람들은 이 두려움을 떨쳐버리고 항해를 했던 것이다. 그 결과 신대륙을 발견하고, 남극점을 발견하였던 것이다.

속앓이//그대/어디 있는지 알았을 땐/이미 거기에 없고//그대/은애한다 생각했을 땐/이미 변해버린//젊은 날의 초상/주사위/놀이.

하이젠버그의 불확정성 원리도 미지의 미시세계를 두려워하지 않고 연구한 결과 얻어진 것이다. 전자와 같이 매우 작은 입자는 그 위치와 운동량을 동시에 측정할 수 없다는 것이다. 미시세계는 근본적으로 우리의 세계와 다른 이중성을 가진 불확실성의 세계다.

겨울

세상은 끊임없이 변한다. 불가에서 제행무상(諸行無常)이라 하지 않았던가. 변화를 두려워하는 자 망하고, 변화를 리드하는 자 승리한다는 말이다.

그 메시지를 전달하기 위해 석양빛 태양이 바다에 떨어지는 낙조 현상을 비유하여 '두려워 마라!'고 한 것이다.

먼 타국 땅에서 우리 교민들의 오늘이 있었던 것은 이민 1세대들이 변화를 두려워하지 않고 개척 정신으로 도전하였기 때문이다. 이러한 도전 정신을 후대들에게도 전수하여 민들레 홀씨처럼 대대손손 꽃 피워보길 바란다.

•

낙조

잘 있어
그 말 한마디
환송의
눈물바다

- 봉곡리에서 날아온 편지

지구

창백한
푸른 점 하나
울고 웃고
싸우고

밤하늘의 저 작은 외로운 창백한 푸른 점.
우리는 그 속에서 다투고, 모함하고, 싸움질하고 있지 않나?
아! 이래도 되는 것인가?

우리는 잠시 이 지구를 빌려 사용하는 것이다. 오만해서는 안 된다.
지구를 깨끗하게 사용하고 잘 보존해서 후손들에게 물려주어야 한다.
지금처럼 공해로, 전쟁으로, 쓰레기로 지구를 파괴해서는 안 된다.

겨울

•

지구

여기쯤
쉬어갈까요
우주의
한 귀퉁이

우리 인간의 생명이 유한하듯 지구도, 별도 태어나고 죽는다.

이 창백한 푸른 점. 지구에서 싸우지 말고 오순도순 행복하게 살아야 한다.

비문(碑文)//봄은/점점/물올라 꽃 피우고//가을은/점점/물 내려 단풍 드네//점도/우주도//창백한/푸른 점 지구라는/행성에서//꽃눈이 듯/눈꽃이듯//한 점/점으로 살다/가다.

우리 모두 한 점 점으로 살다 가는 것이다. 우리는 가도 지구는 돌 것이며, 꽃은 피고, 새는 울 것이다. 후대를 위해, 나 자신을 위해 깨끗한 지구를 가꾸어야 할 것이다.

- 봉곡리에서 날아온 편지

창백한 푸른 점(Pale Blue Dot)은 보이저 1호가 찍은 지구 사진을 부르는 명칭이다.

우주 과학자 칼 세이건은 사람들에게 우리가 살고 있는 지구가 우주에 떠 있는 보잘것없는 별에 불과하다는 것을 알려주기 위해 보이저 1호의 카메라를 지구 쪽으로 돌려 촬영할 것을 제안하였다. 그 결과 사진 건판 상에 촬영된 지구는 창백한 푸른 점 하나로 보였다.

그 창백한 푸른 점 지구에서 울고, 웃고, 싸우고 있는 것이다.
우리는.

길목

우리는
지구라는 별
유배 온
여행객들

겨울

옹이

파도여
갈색 파도여
감아 도는
울돌목

파도는 바다에만 있는 게 아니다.

모래에도 있고, 나무에도 있다. 우리 마음에도 있다.

바다에 있는 파도가 푸른 파도라면 모래에 있는 파도는 하얀 파도, 나뭇결에 있는 파도는 갈색 파도다. 갈색 파도는 시간의 기록장치, 그 갈색 파도를 타고 가면 미래로 가는 것이 아니라 과거로의 여행을 할 수 있다. 50년 전 학창 시절로도 갈 수 있고, 100년 전 하와이로도 갈 수 있다.

갈색 파도에는 물살이 빠른 곳도 있고, 느린 곳도 있다. 때로는 소용돌이치기도 한다. 남해안의 명량 해협에는 울돌목이 있다. 이 울돌목은 이순신 장군이 왜군의 해군을 무찌른 명량 해전으로도 유명한 곳이다. 그런데 옹이가 있던 곳이 바로 나무를 켜면 울돌목의 소용돌이

- 봉곡리에서 날아온 편지

처럼 폐곡선 무늬로 나타난다.

•

나뭇결

이 마음
마룻바닥에
그릴까
무슨 파도

  나뭇결 치는 갈색 파도, 백사장의 물결무늬 모래 파도, 시냇가에 일렁이는 잔물결을 보고 지난 과거의 시간을 회상하면서 먼 미래를 볼 줄 아는 눈이 있어야 한다. 미래는 과거를 재현할 수 있기 때문이다.

  세상은 물결, 제3의 물결이 지나갔듯이 이제 4차 산업 혁명의 새로운 제 4의 물결이 거세게 몰려오고 있다. 우리는 AI, 빅데이터, 사물 인터넷 등의 그 새로운 물결을 타고 춤을 출 것인가 아니면 지배당할 것인가? 그것이 문제다.

파도여
갈색 파도여!

겨울

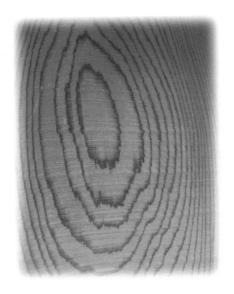

•

무늬

그늘 속

등고선 자락

멈춰 선

숨결이여

- 봉곡리에서 날아온 편지

그림자

우물 속
빠져버린 달
춤추네
나를 안고

어릴 적 고향 집 뒤뜰에 우물이 있었다. 공부하다 잠이 오면 우물에
가 세수를 하곤 했다. 두레박으로 우물물을 길어 올리다 출렁이는 내
모습과 우물 속에 빠진 달을 보았다. 두레박에 퍼 올린 물을 놋대야에
쏟아부을 때는 달빛 젖은 수많은 별들이 쏟아지는 듯했다.

청년이 되면서 물리학을 전공하였다. "우물에 빠진 전자의 파장"을
수식으로 유도하면서 고향 집 우물 안에 빛나던 달빛 그림자를 추억
해 냈다. 입자라고 생각했던 전자의 파장을 계산하면서 전자의 파동
성을 생각하게 되었다. 우물 속 달은 그냥 입자의 달이 아니었고, 물
속에 비친 내 얼굴도 그냥 얼굴이 아니었다. 달빛에 춤추는 파동의 그
림자였다. 어릴 적 작은 경험이 수십 년 지나서 학문적 얼굴로 되살아
난 것이다. 도시의 수도꼭지에서 나오는 물만 경험한 요즈음 아이들은
후일 어떤 아이디어로 되살아날까……. 조금 불편하고 가난하게 사는

겨울

것도 꼭 불행한 것만은 아니리라.

•

눈부처

아가야
어디서 왔니
눈빛 깊은
저 우물

우물은 어머니다. 아니 젖을 먹이며 아기를 내려다보는 어머니의 눈이다. 그 깊은 우물 빛 사랑으로 아기는 자란다. 어머니의 사랑 어린 저 우물, 아기의 눈빛 젖은 순수의 우물, 그 우물의 상호 교감으로 세상은 아름다워지는 것이다. 이 세상의 모든 아이들은 천사다. 젖먹이의 눈망울은 천국의 깊고 맑은 세계를 보여주는 듯하다. 우리는 살아가면서 호수 빛 우물에 비친 내 모습을 자주 대면해야 한다. 사랑하는 사이라면 그 사람의 눈망울에 비친 내 모습도 찾아볼 일이다. 한잔의 커피를 마시면서 황금색 크레마 속 사랑의 하트에 기뻐하고, 검붉은 기름 막 수면에 비친 내 얼굴을 찾아볼 일이다. 모락모락 피어오르는 커피 향에서 가을이 깊어가고 있음을 알아챌 수 있다면 참선 수행

- 봉곡리에서 날아온 편지

을 하지 않더라도 이미 순례자의 걸음을 걷고 있는 것이리라.

만월

우물 속
목이 메이네
그 얼굴
떠오르는

겨울

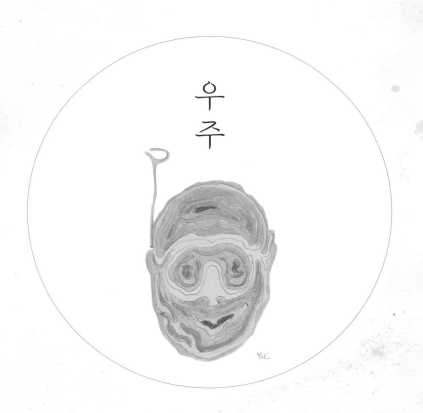

우
주

백자(白磁)

켜켜이
쌓인 시간들
비우고
비운 마음

하늘빛 닮은 조선의 청화백자.

청색 코발트 안료가 부족하여 짙게 칠할 수 없었던 부족함이 오히려 더 예술적 작품으로 태어날 수 있었다면 그것은 분명 비움의 철학이다. 부족하다는 것은 모자란 것이 아니다. 달항아리가 그렇듯 완벽한 원이 아니라 기우뚱 일그러진 달항아리의 미학처럼 조선의 청화백자는 백의민족 한국인의 마음이다.

어둠의 한밤중, 실내등을 꺼 놓고 달빛 조명만으로 청화백자를 마주하고 있으면 환상의 세계로 달려간다. 보면 볼수록 점점이 살아나는 파르스름한 옥색의 광채, 천삼백 도 불꽃 에너지가 고스란히 살아 발광하는 신비로움을 체험할 수 있다.

- 봉곡리에서 날아온 편지

•

백매(白梅)

가지엔

새하얀 웃음

달빛엔

청화백자

　도자기는 물, 불, 공기, 흙 4원소로 만들어진 창작의 예술품이다. 도자기의 원료인 백토의 주성분은 장석 SiO_2다. 물리학적으로 이 모래에 불을 가하면 핵은 그동안 포획했던 전자들을 모두 토해낸다. 따라서 백자에 붙어있던 모래를 채취하여 다시 온도를 올려주면 백자가 만들어진 그 순간부터 그동안 포획했던 전자들을 다 토해낸다. 이 토해낸 전자수를 측정하여 도자기의 나이를 측정할 수 있다. 이것이 TLD(Thermoluminescence Dosimeter) 방법이다.

　한쪽 끝은 자신을 조금씩 잃어가고 다른 한쪽 끝은 자신을 창조해 나가는 백자의 모습처럼 도자기에 켜켜이 쌓인 시간들을 측정하여 연대를 측정할 수 있다니 인간의 지혜는 놀랍지 않은가!

우주

어쩌면 청백색으로 방사(放射)하는 부드러운 광선은 백자 속의 전자들이 춤을 추는 파동이 아닐까? 그 시간은 영겁의 긴 시간일 수도 있고, 찰나의 짧은 시간일 수도 있다. 우리의 선조들이 빚어낸 청화백자에서 시간도, 공간도 읽어낼 수 있는 즐거움을 누가 알겠는가? 텅 빈 가상의 청화백자 공간에서 상영하는 전자들의 삼차원 홀로그램 쇼.

그 쇼를 관람하는 멋진 인생을 살아보자.

•

백자

빚었네

물, 불, 공기, 흙

불살라

모은 손길

- 봉곡리에서 날아온 편지

시간(時間)

모른다
나는 모른다
어떻게
생겼는지

   손목에 차고 다녀도, 벽에 걸어 놓고 보아도 아직 나는 그 사이를 본 적이 없다. 빙글빙글 도는 것일까? 깜빡깜빡 빛나는 것일까? 강물처럼 흘러가는 것일까? 호수처럼 멈추어 있는 것일까? 알 수가 없다. 그러나 분명한 것은 시간은 누구에게나 똑같이 주어지지 않는다는 사실이다. 시간은 상대적이다. 한 시간은 누구에게나 60분이지만 어떻게 보내느냐에 따라 시간의 길이는 달라진다.

·

겁(劫)

돌 거북
멈춰진 시간
누가 알까
저 눈물

　나의 정원에는 몇 마리의 돌 거북들이 산다. 그 돌 거북을 대할 때마다 머리가 숙여진다. 저 돌 거북은 몇 겁을 살았을까? 나는 저 돌 거북이 윙크하는 것을 볼 수 있을까? 엉뚱한 생각에 사로잡힐 때가 있다. 내가 지금 사는 것은 돌 거북의 시간에 잠시 승차해 있는 것은 아닐까? 얼마 안 있으면 나는 내려야 할 것이다.

　겁(劫)//성주산/남포석 돌 눈/눈 한 번 깜빡이는 시간//눈/뜨고는 볼 수 없는/겁나게 긴/시간

　벼루 하면 우리나라에서는 충남 보령의 남포석을 제 일로 치고 중국에서는 단계석 벼루를 제일로 꼽는다. 단계석 벼루에는 돌 눈이 박혀있는데 거북이 눈처럼 동그랗다. 그 돌 눈이 한 번 깜빡이는 시간을

- 봉곡리에서 날아온 편지

겁이라 표현한 시다. 겁이라는 시간의 길이는 눈 뜨고는 볼 수 없는 시간일지 모른다. 어떻게 보느냐에 따라 찰나가 곧 겁일 수도 있고, 겁이 곧 찰나일 수도 있다. 돌 거북 눈을 가만히 지켜보면서 나는 묻는다. 시간은 무엇일까? 그리고 그 사이에 서 있는 나는 누구인가?

•

화두(話頭)

돌거북

묻고 또 묻네

시간을

보았는가?

우주

등대

바다 위
반가사유상
어디로
가야 하나

    시는 사람들에게 위로와 희망을 줄 수 있는 소통의 도구다. 때로는 국경을 뛰어넘는 이해의 도구이며 가족 간의 사랑을 전할 수 있는 아름다운 행동의 표현이다. 그러나 오늘날 시는 시인들의 전유물처럼 고립되어 있다. 따라서 시가 제 기능을 발휘하기 위해서는 보다 대중화할 수 있는 새로운 해법이 필요하다. 그 방안 중의 하나가 15자 넉 줄의 짧은 시 짓기다. 넉줄시는 자연에 대한 관심과 훈련에 의해 누구나 쉽게 시를 창작할 수 있다는 장점이 있다.

- 봉곡리에서 날아온 편지

•

추우

누구의

등대인가요

가로등

밤비 젖는

　예컨대 '등대'를 소재로 한 가족이 모여 시 짓기 놀이를 한다고 가정
해보자. 어른인 엄마. 아빠가 생각하는 등대와, 신세대인 아들. 딸이
생각하는 등대가 다를 것이다. 아니면 남성인 아빠. 아들이 생각하는
등대와 여성인 엄마. 딸이 생각하는 등대가 다를 수 있다. 등대는 배
의 항로를 안내하는 사물적 등대를 뛰어넘어 인생의 좌표를 알려주는
부모나 선생님, 아니면 사랑하는 사람이 될 수도 있다.

　등대(아들)//가까이/더 가까이 와/반짝이는/네 눈빛

　등대(엄마)//어둔 밤/호롱불 밝혀/그대 향한/그리움

　등대(딸)//외롭다/슬퍼하지 마/그대는/나의 희망

　등대(아빠)//신부여/환히 오시라/쪽빛 물결/드레스

우주

우리는 이렇게 넉줄시를 통하여, 시와 함께 시와 더불어 자연과 소통하면서 삶의 풍요를 누릴 수 있다. 시를 잘 쓰고, 못 쓰고 가 중요한 것이 아니라 시라는 형식을 빌려 구성원 간의 소통을 하는 것이 중요하다. 일상의 자연환경에서, 순간의 발견을 시로 표현하는 훈련을 생활화한다면 자연과 함께 더불어 살아가는 고운 마음을 가지게 되리라. 그리하여 우리는 구성원 간 서로의 등대가 되는 아름다운 세상을 만들어 나갈 수 있지 않을까?

파도

등대야
너도 외롭니
그리워
철썩철썩

- 봉곡리에서 날아온 편지

손님

창가의
그림자 풍경
기웃기웃
엿보네

여보게 자네 왔는가?

농막에 혼자 있는 시간이 많다 보니, 처마 끝 매달려 있는 풍경(風
磬)의 그림자가 유리창에 비치는 것도 반가울 때가 있다. 외로워 흔들
리는 물고기에게 말을 건넨다. 물고기 그림자는 탱그렁 쨍그렁 대답을
한다. '그래 잘 있었나? 이 사람아 외로워하지 말게 나도 외롭다네. 외
로우니까 자네가 시를 쓸 수 있는 것 아닌가.'

그림자는 내 육신의 영원한 짝.

투명의 물체에서는 태어날 수 없는, 오욕의 몸체에서만 살아나 언제
나 빛의 반대편에서 흉내 내기로 살아간다. 내 육신을 일곱 색 무지개
로 아무리 휘감아도 오직 검은 단색의 무늬로만 대답하는 겸손과 비
움의 그림자. 그림자는 결코 주인을 밟지 않는다. 그렇다고 주인인 나

우주

에게 밟히지도 않는다. 한평생 주인만을 따라다니다 내 육신 땅에 묻히는 날 기꺼이 함께 묻히는 영원한 육신의 짝이다.

어쩌면 여기 있는 우리는 실체가 아니고 그림자가 아닐까? 유리창 언덕 너머 저쪽 또 다른 내가 있어 따라 하고 있는 것이 내가 아닐까? 사랑의 그림자가 그렇다.

•

사랑

담벼락
사이에 두고
그림자
넘나드는

사랑은 마음 그림자놀이.

보이지 않는 마음의 색깔에 따라 그리워하기도, 미워하기도 한다. 그러나 다 지나고 나면 그림자였다는 것을 깨닫게 된다. 살아가면서 문득 옛사랑의 그림자가 인생길에 드리워지는 것도 사랑이 그림자놀이이기 때문이리라.

- 봉곡리에서 날아온 편지

•

석양

저만치

멀어져가네

길어지는

그림자

우주

돌꽃

시간아
늙어만 봐라
꽃이다
검버섯도

내 얼굴에는 언제부터인가 검버섯 하나 자라고 있다. 늙으면 세월 꽃 피는 것인가. 시간이 무엇이길래 주름 길 위에 세월 꽃 피는가? 시간의 화살은 있는 것인가? 있다면 어디서 어디로 가는 것인가? 그리고 물리적 시간과 심리적 시간은 어떻게 다른 것인가? 물리적 시간은 누구에게나 똑같은 절대적 시간이다. 그러나 아인슈타인의 상대성원리가 발표됨으로써 시간은 상대적 시간으로 바뀌었다. 고통스러운 시간은 불행의 시간. 그러나 하나에 푹 빠져있는 몰입의 시간은 행복의 시간이다. 그리고 그 시간은 금방 지나가는 매우 짧은 시간이다. 따라서 시간은 모든 사람에게 동일하지 않다. 늙는다는 공허함에 사로잡혀 있을 것이 아니라 한 가지 일에 몰두하며 새로운 것을 창작해 나간다면 지혜로운 인생을 사는 것이리라.

- 봉곡리에서 날아온 편지

•

절벽

주름은
시간 나이테
채석강
파도 소리

켜켜이 쌓인 시간의 증거, 절벽의 퇴적층.

그러나 채석강의 파도 소리처럼 시간의 절대적 본질은 공(空)인 것이
지 켜켜이 쌓인 바위가 아니다. 시간의 화살은 환상일 뿐 영원한 것은
하나도 없다. 물질도 마음도 모두 공(空)인 것이라고 파도 소리는 나에
게 일러주고 있다.

나는 질서에서 무질서의 세계로 향하는 엔트로피적 시간의 화살에
묶여 시간의 본질을 보지 못하고 있었던 것은 아닌지. 아인슈타인은
"시간은 흐르지 않고 단지 거기 존재하는 것"이라고 말했듯이 공(空)
으로 존재하는 것이 시간인 것을 까맣게 잊고 있었다.

깨달음만 있을 뿐인 것이 바로 시간인 것을…….

우주

·

돌꽃

검버섯

꽃을 피웠네

숨결인 듯

문인석

- 봉곡리에서 날아온 편지

지문(指紋)

시간의
모래 발자국
지난밤
사랑 얘기

융선과 골이 생성하는 손가락 끝 무늬.

바닷가 백사장에 그려진 연흔(漣痕)의 모래 물결처럼 신비스럽고 아름답다. 연흔은 지난밤 바닷바람이 만들어 낸 흔적. 왜 인간의 손가락 끝에도 연흔처럼 바람의 흔적이 나타나 있는 것일까?

깊은 산골 가난한 부부가 밭갈이를 하고 있다. 소가 없어 아내가 쟁기를 앞에서 끌고 뒤에선 남편이 쟁기질을 한다. 이랴! 이랴! 청랑한 사내의 목소리가 산중을 울린다. 덜덜덜 쟁깃날이 지나가면서 마루 골, 골 마루 스트라이프 줄무늬를 만든다. 마치 DNA, RNA 정보를 손가락 끝에 사랑 무늬로 기록해 놓는 듯. 사랑 무늬 밭고랑에 여러 가지 파형으로 유전정보를 꼭꼭 숨겨 놓았던 것이다. DNA는 유전정보를 복제하는 역할을 하고, RNA는 그 정보를 전달하는 역할을 하는

우주

것이니 완벽한 기록이다. 그것도 3차원 홀로그램 방식이기 때문에 한 부분 속에 전체 정보가 들어 있어 언제나 재생 가능한 완벽한 기록이다. 즉, 지문은 남자와 여자의 사랑 바람이 만들어 놓은 아름다운 간섭무늬다.

•

지문

인생은
줄무늬 파도
항해하는
나침판

지문은 사람마다 다 달라서 지문을 암호화하는 기술이 발달하고 있다. 그러나 아직 지문을 완전 해독하지 못하고 있다. 각각의 개인마다 다 다른 손가락 끝 물결무늬는 생채 정보의 창고다. 따라서 이 수많은 정보를 다 해독할 수 있다면 얼마나 좋을까? 그런 날이 온다면 지문은 우리의 인생길에 나침판 역할을 할 수 있을 것이다. 어쩌면

우리는 엄마 아버지가 앞에서 끌고 뒤에서 몰아 만든 인생의 모래 물결 위에 씨알을 뿌려 가꾸고 있는 것은 아닐까? 사랑의 싹에 물을

- 봉곡리에서 날아온 편지

주고 잘 키워 아름다운 숲을 만들자.

•

손

지문은

내 안의 우주

시간을

거머쥐다

모성(母性)

사랑은
그림자놀이
눈빛 어린
눈부처

어릴 적

젖내나던 엄마 방. 기저귀 찬 아기의 옹알이 눈동자는 참 아름다웠다. 까꿍까꿍 소리를 하면 내 손짓 따라 움직이는 아기의 눈동자. 어느 날 동생 앞에서 구슬을 보여주며 놀다가 문득 아기의 눈동자 속에 내가 있는 것을 발견했다. 까만 눈동자 속 내 모습은 뒤뜰 우물에서 본 그 얼굴이었다. 그 모습이 보고 싶어서였을까? 엄마가 농사일하러 밖에 나가시며 동생을 보라 하면 싫지 않았다.

대학생이 되어서야 그것이 눈부처라는 것을 알았지만 어릴 적 이후론 그 눈부처를 한 번 밖에 본 일이 없다. 그만큼 때가 묻어서였을까? 젖 먹이는 엄마가 내려 다 본 아기의 눈동자에 비친 엄마의 모습 그것이 눈부처이니 그럴 수밖에 없는 것이었을까?

- 봉곡리에서 날아온 편지

·

그대

눈부처
사랑을 하리
눈 감아도
보이는

우리 눈은 참 신비스런 기관이다. 눈은 '마음의 창'이라 했던가? 볼록렌즈처럼 생긴 눈의 수정체는 중앙은 밀도가 큰 액체, 가장자리로 갈수록 밀도가 낮아지는 구(球) 대칭 렌즈다. 그런데 화를 내거나 흥분을 하면 이 구 대칭이 깨져 물체가 희미해져 잘 보이질 않게 된다. 화내는 눈에 어찌 눈부처가 보일까?

누구나 한 번쯤은 사랑을 하게 되리라. 그런데 그 사랑이 눈부처 사랑이었으면 좋겠다. 눈 감아도 보이는 눈부처 사랑. 사랑은 그림자놀이 상대방의 눈빛 어린 눈부처를 보는 놀이다. 사랑하는 사람들이여 하늘이 펼쳐지고 파란 바람이 오고 가는 상대방의 눈동자에서 눈부처를 발견할 수 있는 사랑을 하기를…….

우주

·

거울아

말해봐

사랑한다고

눈 속에 달

눈부처

- 봉곡리에서 날아온 편지

달

저 능선
알고 있을까
비우고
채우는 뜻

달밤은 그리움이다.

어느 겨울날 새벽, 밖에 나가보니 장독대 앞에 서 계신 할머니. 흰 사발 정화수 앞에 허리 굽혀 빌고 있었다. 정화수 백자 사발 안에는 반달이 쏟아져 빛나고 있었다. 고개 들어 하늘을 바라보니 꾀꼬리봉 능선 위에 떠 있는 둥근 달이 우리를 내려다본다. 할머니는 자신을 다 비우고 오직 사랑하는 자손만을 위해 빌고 또 빌었을 것이다. 그 할머니의 마음 그림자로 내가 지금 올곧게 살아가고 있는 것은 아닐까 생각해 본다.

당신의 추억 하나//농익은 속살 속 살구씨는 눈을 맞추자 막가파이다./그런데 단내 나는 참외 노란 속 씨는 이빨을 요리조리 피하여 주머니, 짧은 대롱, 긴 대롱을 지나는 삶을 살아간다. 재수가 좋으

우주

면 개똥참외로 세상과 또 입을 맞춘다./나는 살구씨인가? 참외 씨
인가? 다 스타일이며 추억일 뿐이다.

앞의 〈달밤〉 넉줄시를 페이스북에서 읽고 구중회 시인이 보내온 화
답 시다. 내 "저 능선은 알고 있을까"에 대한 구 시인의 철학적 화답일
것이다. 이렇듯 서로 시심을 주거니 받거니 하면서 농익은 사색적 세
계로 빠져들어 가는 것, 그것이 시인들의 멋이며 의사소통의 한 방법
이다.

•

반달

얼마나
그리웠으면
반쪽이
되었을까

산다는 것은 사랑하는 것이고, 사랑한다는 것은 그리움을 키워나가
는 것이다. 얼마나 그리웠으면 반쪽 얼굴이 되었을까? 반쪽이 될 정도
로 그리워하는 사람이 있다는 것으로도 행복한 일이다. 이 복잡하고

- 봉곡리에서 날아온 편지

바삐 돌아가는 세상, 밤하늘의 반달을 보고 멀리 있는 사람을 그리워하며 복을 비는 마음을 키워나갔으면 좋겠다.

•

달

얼마나

돌고 돌아야

뒷모습

보여줄까

우주

번뇌(煩惱)

나는 섬
섬과 섬 사이
밀려오는
저 파도

우리는 모두 섬이다. 다도해의 수많은 섬들처럼, 모여 살지라도 홀로 존재하는 유아독존의 섬이다. 그러나 섬은 밀려왔다 밀려가는 파도가 있어 외롭지 않다. 섬은 섬과 섬 사이 마루, 골의 파도로 소통한다. 현대는 소통의 시대다. 밴드, 카톡, 페이스북 등 모두가 전자기파에 의한 소통의 도구다. 이들 SNS를 통하여 시간과 공간을 압축시켜 소통할 수 있으니 얼마나 편리한 시대에 살고 있는가. 그러나 이러한 편리의 소통 도구에도 불구하고 현대인들은 행복하다고 생각하지 않는다. 섬에게 끊임없이 파도가 밀려오듯 흰 거품 물고 번뇌의 물결이 찾아오기 때문이다. 그러나 마음 한편 할퀴고 부딪쳐 깎아지른 절벽이 된다 해도 그것은 절경의 섬이 되기 위한 수행의 한 과정이 아닐까? 살면서 번뇌에 휩싸인다 해도 그것을 고통으로 피하려 하지 말고 깨달음의 계기로 삼는다면 더욱 행복해질 것이다.

- 봉곡리에서 날아온 편지

•

묵언(默言)

등고선
바람의 지문
누가 그린
섬인가

　서해안 신두리 사구에 가면 지난밤 바람이 만들고 간 갈색 파도의 물결무늬를 쉽게 찾아볼 수 있다. 바람의 지문이듯, 등고선이듯 갈색의 줄무늬는 신비롭기 그지없다. 손가락 지문처럼, 아니면 손금처럼 뻗어 나간 줄무늬는 어떻게 만들어진 것일까? 백사장에 그려진 갈색의 줄무늬는 지난밤, 바람이 만들고 간 사랑 무늬가 아닐까? 그러나 어떻게 그런 줄무늬가 형성되었는지는 아무도 모른다. 신비의 베일에 가려진 갈색 파도, 그 갈색 파도를 품고 있는 섬, 그것이 바로 우리가 아닐까? 그것을 눈여겨보고 짧은 시로 표현하는 것이 넉줄시다. 넉줄시는 순간의 발견이다. 언어는 비록 짧지만 의미는 하염없이 긴 묵언의 시다. 꼭 넉줄시가 아니어도 살아가면서 순간의 발견을 기록하는 습관을 우리 어린아이들에게 길러준다면 그 또한 창의적인 교육 방법이 되리라.

우주

•

섬

파도는

쓰고 또 쓰네

그립다

그립다고

- 봉곡리에서 날아온 편지

바람

선풍기
돌고 또 도네
겹침무늬
보라고

옛 선비들은 오월 단오가 되면 부채에 시구를 적어 선물을 하였다. 특히 사랑하는 연인에게는 부채에 연서를 적어 선물하였다. 오월은 사랑의 계절, 사랑을 고백하는 방법도 세월 따라 변하는가 보다. 요즘의 젊은이들은 선풍기를 회전시키면 I ♡ YOU 글씨가 나오는 LED 손 선풍기를 선물한다고 한다.

어느 날 36도 무더위에 선풍기 바람으로 더위를 식히고 있었다. 아~ 그런데 선풍기 창살에 밝고 어두운 쌍곡선 형태의 무늬가 나타나는 것이 아닌가. 도리도리 선풍기 하염없이 돌 때 생겨났다 사라지고, 사라졌다 생겨나는 원형의 동그라미들은 마치 만났다 헤어지고, 헤어졌다 다시 만나는 우리 인간들의 인연들 같았다. 그렇구나! 겹치면 새로운 무늬가 만들어지는구나. 새로운 깨달음에 전율이 훑고 지나가는 순간이었다.

우주

•

무늬

겹치면
꽃이 피는가
너랑 나랑
닮은 꽃

사랑은 두 인연이 만나 일어나는 맞춤이다. 눈 맞춤, 손 맞춤을 통해서 입맞춤에 이른다. 그것이 사랑이다. 맞춤은 겹치는 것이고, 겹치면 꽃이 핀다. 너도나도 아닌 새로운 사랑의 꽃이 피는 것이다. 회전하는 선풍기 창살에 나타나는 무늬는 원형의 동그란 무늬군(群)이 좌우 대칭으로 나타나는 것을 알았고, 그 무늬가 생기는 것은 방사선 형태의 선풍기 앞 뒤 창살이 서로 겹쳐 생긴다는 것을 알게 되었다.

사랑이란 두 사람의 마음이 만나 그리는 간섭무늬다. 그 간섭무늬는 두 연인의 마음 파동의 진동수가 비슷하면 맥놀이 간섭이 생긴다. 이때 진동수의 차인 아름다운 맥놀이가 생겨 사랑의 콧소리를 낸다. 그러나 두 진동수가 비슷하지 않으면 두 진동수를 더해서 둘로 나눈 평균 진동수가 나오는 것이다. 즉, 앞뒤의 두 인연이 약간 비켜섬으로써 생겨나는 새로운 꽃무늬, 그게 사랑의 간섭무늬다.

- 봉곡리에서 날아온 편지

무늬

보이니
도깨비 사랑
돌이돌이
선풍기

수행(修行)

스님은
쓸고 또 쓰네
싸리비
비질 소리

세상은 시끄럽고 혼란스럽다. 세상이 혼탁할수록 사람들은 말이 없어지고 그런 상황에서 도피하려는 경향이 있다. 이런 복잡한 세상에 살고 있는 현대인들이 집중할 수 있는 시간은 단 5분이라 한다. 또한 시각적 공간도 스마트폰 한 화면에 그친단다. 따라서 현대인들은 자연히 단순 (simplification)하고, 짧고(short), 감동(sensation)받기를 좋아한다. 즉, 현대시에 있어서도 다시 이미지즘(imagism)을 추구하는 경향이 있다. 시도 짧고, 단순하고, 감동을 줄 수 있도록 써야 한다는 것이다.

그 해답이 바로 넉줄시다.

조선조 550년 역사를 지탱했던 정신적 지주는 선비정신이었다. 선비들은 시조를 읊으면서 詩, 書, 畵를 즐겼다. 특히 돌아가며 시조의 초장, 중장, 종장을 지으며 풍월을 읊었다. 그리고 그 시조 속에 자신의 주장을 살짝살짝 드러냈던 것이다. 이와 같이 이제 우리도 넉줄시로

- 봉곡리에서 날아온 편지

한 사람이 시를 지어 읊으면 옆에 사람이 화답시(和答詩)를 읊고, 또 그 옆 사람이 화답하며 풍월을 읊으며 인생을 살아가면 어떨까?

•

수행

마당귀
저 갈색 파도
그 누가
그렸는가

즉, '언어는 짧고 침묵은 하염없이 긴' 넉줄시와 같이 마음 밭 경작하면서 수행하는 마음 자세로 자연을 즐기며 살 일이다.

공자의 논어 옹야편에 "아는 사람은 좋아하는 사람만 못하고, 좋아하는 사람은 즐기는 사람만 못하다"(知之者 不如好之者, 好之者 不如樂之者)는 말이 있듯이 이제부터는 넉줄시를 가지고 4박자 춤을 추며 우리 함께 멋지게 놀다가는 인생을 살아보자. 마음 마당 쓸고 또 쓰는 스님의 아침 비질 소리처럼 우리도 이 혼탁한 세상 오염되지 말고 우리의 마음 밭 쓸고 또 쓰는 수행자의 자세로 살 일이다.

우주

연흔(漣痕)

행간에

마음을 담아

줄무늬

시를 쓰다

- 봉곡리에서 날아온 편지

봉곡리에서 날아온 편지

펴낸날 2021년 3월 22일

지은이 육근철
펴낸이 주계수 | **편집책임** 이슬기 | **꾸민이** 전은정

펴낸곳 밥북 | **출판등록** 제 2014-000085 호
주소 서울시 마포구 양화로 59 화승리버스텔 303호
전화 02-6925-0370 | **팩스** 02-6925-0380
홈페이지 www.bobbook.co.kr | **이메일** bobbook@hanmail.net

© 육근철, 2021.
ISBN 979-11-5858-761-1 (03810)